Je m'appelle Jay

Marie Armano

illustration de couverture par Jessica Bell Design

Bearhugpress

Publié par Bearhugpress 2 octobre 2023

ISBN édition papier : 9782958492731
ISBN E-book : 9782958492786

www.mariearmano.com

CHAPITRE 1

C'est nul ! Y a que ça à dire.

« Maman », je hurle de ma chambre, « c'est pas possible.

— Mais si, Tu seras très jolie. Allez, descends. Montre-moi. »

Jolie. On doit pas avoir la même définition. J'ai été obligée de me faire un chignon. Et je vous parle même pas des socquettes blanches. Je tire sur ma jupe de la même couleur bleu moche que le blazer avec l'écusson de ma nouvelle école. Je déteste qu'on voie mes genoux.

Soupir.

Mais comment j'en suis arrivée là ? Ah oui, parce que mon abruti de père a largué ma mère pour sa secrétaire. Oui, on est pas doués pour faire dans l'original chez moi. Que ma mère au lieu de faire une p'tite déprime et de me laisser tranquille, a décidé de lui prouver qu'elle pouvait faire quelque chose de sa vie. Et qu'au lieu de quitter Paris pour le soleil, elle a décidé de m'embarquer avec elle en Angleterre. L'Angleterre ! Non, pire. Manchester. Le Nord de l'Angleterre, où il pleut, il fait froid et… il pleut. Et donc, là, c'est la rentrée. Et comment dire… J'irai pas. Non. No way. Trop le seum.

« Allez, descends maintenant, tu vas être en retard, Jennifer ! »

Re-soupir. On me dirait sortie tout droit d'une telenovela de Disney. Me reste plus qu'à chanter « Oh, la vida es un sueno » et j'y suis. Rah. Non. C'est pas possible. Je vais me réveiller. Je vais ouvrir la porte de ma chambre y aura mon appart.

Mais non.

Quand j'ouvre la porte, il y a un petit escalier en bois minable qui m'amène au rez-de-chaussée où ma mère m'attend. Elle réajuste mon col.

« Et surtout, tu n'oublies pas. Please, thank you. Tu es polie avec tes professeurs. Tu écoutes. Et tout va bien se passer. »

Elle se pince les lèvres. Signe qu'elle a plus à me dire mais que c'est pas trop le moment. J'essaie de sourire. Je sais que c'est important pour ma mère. Mon intégration, ma réussite scolaire, bla, bla, bla.

Faut dire que depuis un mois qu'on est là, je ne suis pas trop sortie et je n'ai rencontré personne. Pas que je ne parle pas anglais. Mon père, merci papa, est anglais à la base. Du coup non seulement je parle anglais mais en plus on a le passeport qui va avec. Même le Brexit n'a pas pu empêcher ma mère de traverser la Manche. Alors, oui je parle l'anglais, l'accent c'est un autre problème. Mais je m'en fiche de ne pas avoir de copains. D'une manière générale, j'ai pas trop besoin des autres.

« Tiens, c'est pour la cantine de ce midi. » Ma mère me met un billet de cinq pounds dans la main.

« Je me serais fait un sandwich, m'man. »

On n'a pas trop d'argent. Plus trop, je devrais dire, grâce à ma mère et son idée de prouver au monde qu'elle n'a besoin de personne.

Je sors de notre petite maison en briques rouges, longe toute la rue avec les mêmes petites maisons que la mienne. Et avant que vous vous disiez, que ouais ça doit aller pour elle si elle habite une maison, je mets les choses au clair. Non, on n'a pas gagné à euro millions. Ma mère loue pour je sais pas combien, une petite maison meublée. La moquette dans ma chambre est pleine de tâches, le canapé dans le salon a un trou au milieu. La proprio était trop contente de nous la louer parce qu'elle a dit qu'elle en avait marre des étudiants qui bousillaient tout. Donc je dors dans un lit où je ne veux même pas savoir combien de personnes ont dormi avant moi.

Un quart d'heure de marche en manquant de me faire renverser trois fois, parce qu'ici ils conduisent du mauvais côté et j'arrive devant l'école, en briques rouges, elle aussi. Des cris. Des rires. Des câlins d'ours. Oui ici, la bise, ça ne se fait pas trop. Je repère dans le flot quelques têtes aussi perdues que moi. Épaules rentrées, nez en direction de leurs shoes, histoire d'être sûr qu'elles brillent toujours. Bon, même si je pouvais parler avec eux, vu qu'on est dans la même galère, hors de question de me mettre avec le clan des boutonneux à lunettes. Ouais, ils ont tout pour eux. Un physique d'asperge, des binocles et les cratères de la lune sur leur face. Mais, bon, d'instinct ils se mettent en groupe. Je les envierais presque.

Je pose mon sac sur le petit mur de l'entrée. Je respire un bon coup. Quoi ? Non, j'ai pas peur. C'est juste que… Non, j'ai pas peur. D'ailleurs si je le répète suffisamment de fois, ça va finir par marcher.

« Aïe ! » On vient de me balancer un sac dans l'épaule.

« Fais gaffe, tu bloques le passage.

— Ah bon ? » J'ai jamais été douée pour la fermer au bon moment.

Là, la fille me regarde de haut en bas.

« Ils prennent des migrants blancs maintenant ? Regarde, Kendra, on accepte vraiment n'importe qui ! »

Et elle et sa copine Kendra éclatent de rire. « Dégage. Tu nous bouffes notre espace vital. »

Je recule d'un petit pas.

« T'as pas compris ce qu'a dit ma b.f. ? Scrape ! » Je bouge pas. Kendra soulève son sac, histoire de me le balancer à nouveau dans l'épaule. Mais sa b.f. l'attrape par la main. « Laisse tomber, y a le dirlo à côté. Mais on va s'occuper de toi. » Et elle fait mine de me cracher dessus.

Je regarde ces deux bulldogs se dandiner dans leur jupe clairement une taille trop petite. Reprise de ma respiration. Mais qu'est-ce que je fais ici ?

Et paf, on me re-balance un sac dans l'épaule. Là je me retourne, prête à en coller une à la pouf qui m'a fait ça.

« Oh, désolé, mais fais gaffe où tu marches. »

J'y crois pas. Le mec me cogne et c'est ma faute. J'ai pas le temps de lui dire ce que je pense qu'un autre mec lui saute dessus.

« Jorell, bro. Alors comme ça, tu dis à tout le monde que t'as le meilleur headspin du collège ?

— Non, Anton, de la ville. » Et là, le Jorell fait un petit pas de danse et se frotte le torse. Je crois que j'ai jamais vu un mec aussi amoureux de sa personne.

« Prouve-le.

— Ok. »

Ils partent en faisant ce truc de mecs qui se tapent dessus pour rigoler comme les kangourous.

Mon cœur qui s'accélère. D'un coup. Pas à cause du Jorell et de sa belle gueule. Non. Ça je m'en cogne. Mais parce qu'il a parlé d'un headspin. Un headspin, c'est une figure de hip-hop. Ma danse. Parce que oui, je danse, même que… Bref. Si je pense où j'aurais dû être et où je suis maintenant, ça me donne envie de pleurer, et là, c'est vraiment, mais vraiment pas le moment.

J'ai la furieuse envie d'aller voir, mais je me retiens parce que j'aperçois les bulldogs qui courent vers le centre de la cour aussi vite que leurs petites jambes boudinées le leur permettent. Évidemment que ces mecs vont aimer le type de filles qui mettent tellement de gloss qu'elles peuvent pas fermer leurs bouches sinon ça colle. Mais quand même. Je suis curieuse. Alors je monte sur le petit muret.

« C'est un bon spot ? »

Regard en direction de la voix. Une nana qui semble sortir de son cercueil me regarde en souriant. Teint blanc, lèvres noires, mitaines en dentelle. Elle porte pourtant le même uniforme que moi, mais tout est de traviole. Trop cool.

« Euh, oui, je crois.

— Génial. » Elle monte à côté de moi. « Lucy. »

Je la regarde. De quoi elle parle ? Ah oui. Ici, on se présente. Ça rend les choses plus simples.

« Jennifer.

— Tu viens d'où ?

— Paris.

— Oh, Paris, la tour Eiffel, le Moulin Rouge.

— Oh, l'Angleterre, le thé, le roi. » Bon, j'y suis peut-être allée un peu fort dès le départ. Mais non, elle rigole. Ouf !

« Et pourquoi tu regardes les mâles danser ?

— Je regarde pas les mâles. Le hip-hop c'est mon truc. Je veux juste voir ce qu'ils savent faire. »

Et j'en prends plein la vue. Anton est passable, mais son pote, Jorell, c'est juste… Comment dire ? Il passe d'un petit hopscotch, genre de petit pas où on croise les jambes à un headspin, un tour sur la tête, comme j'enfilerais mon pyjama. Il est génial.

La cloche sonne et tout s'arrête. Retour sur terre.

Le collège, les cours… l'ennui.

Par chance, j'ai pas mal de cours avec Lucy. Comme elle est aussi motivée que moi par la voix des profs, arrivées à la fin de la journée on s'est pratiquement raconté toute notre vie. Bon, en temps normal, je préfère être seule. J'ai jamais eu besoin de personne. Et ma mère m'a assez martelé qu'on ne peut compter que sur soi-même, que les gens ne font que vous utiliser et ensuite vous laissent tomber. Vu comme mon père a traité ma mère, j'aurais tendance à lui donner raison. Mais je sais pas, là, je me dis qu'une copine ça serait pas mal. Parce qu'être seule dans un pays inconnu, c'est juste trop de solitude d'un coup.

Donc, voilà, le petit cv de ma nouvelle best. Lucy a redoublé et elle a changé de collège. Histoire qu'elle se mette à fond dans ses études. Elle veut devenir graphic designer. Bon, j'ai pas tout pigé. Mais c'est un truc cool où tu dessines des objets du quotidien. Comme ça, dans dix ans, je boirai mon thé dans une tasse dessinée par Lucy. Ça me plaît.

Fin de l'école. Première journée, check.

CHAPITRE 2

Quand j'arrive chez moi, je suis accueillie par une tornade de stress et de questions.

« Alors ? Tout va bien ? Tu as trouvé ton école sans problème ? Tu ne t'es pas perdue ? Tu as bien regardé à droite en traversant ? L'école s'est bien passée ? »

Ok. Bouton pause. Faudra une fois qu'on m'explique comment on peut mettre les mots bien et école dans la même phrase. C'est pas possible. Juste pas possible. C'est totalement contradictoire.

Mais vu la tête de ma mère je réponds ce qu'elle veut entendre. Et c'est vrai qu'à part la presque bagarre dès le début, le prof de maths qui pue de la gueule et le cours de littérature anglaise où je ne sais pas de qui on parle, ça s'est plutôt bien passé.

« Oui, oui, tout s'est bien passé.

— Tu t'es fait des copines ? »

Image de Lucy avec ses gants en dentelle et son rouge à lèvres noir. On va pas rentrer dans les détails. Je ne suis pas sûre que ce soit le type de « copine » que ma mère ait en tête.

« Oui. Elle s'appelle Lucy.

— Oh, Lucy. Quel joli prénom. » Si elle savait. « Bon, par contre, ce n'est pas parce que c'est le premier jour d'école qu'il faut tout oublier, Jennifer. Enlève tes chaussures et lave-toi les mains. On mange bientôt. Tu mettras la table. Et ce soir, pas question de regarder la télé. Il faut prendre les bonnes habitudes dès le début, alors après c'est direct dans ta chambre pour faire tes devoirs et lire. »

Ma mère. Elle était déjà pas hyper cool en France, mais ici, ça atteint des dimensions jamais vues. Ici, quoi que je fasse c'est pas assez bien pour elle. Bon, faut que je sois honnête. Depuis qu'on est là, je ne lui ai pas rendu la vie facile. Mais faut me comprendre aussi. Je devais partir à l'académie de danse de Cannes. J'en rêve depuis que je suis toute petite. J'aurais fait du classique, du moderne, avec option hip-hop. J'avais tout prévu. Devenir danseuse pro. Monter ma compagnie pour présenter mes solos. Faire le tour de la terre. Et là, paf. Séparation de mes parents. Départ forcé au pays des baked beans avec ma mère. Plus de sous pour rien, vu que mon père semble avoir oublié que j'existais. Alors, oui, je lui en ai voulu. À mort. Je lui en veux encore. Elle a brisé ma vie et elle ne le voit même pas. Pire. Je sais qu'elle pense que c'était… comment elle dit déjà…, ah oui, une « lubie de jeunesse », et qu'en étant ici, je peux enfin me concentrer sur mon avenir. Donc, c'est normal que je fasse la gueule. Mais elle, pourquoi elle stresse pour tout ? Pourquoi elle m'engueule parce que je n'arrive pas à voir que c'est une chance d'être ici, que c'est un nouveau départ, bla bla bla. Et en plus, si c'est si génial, pourquoi elle, elle est toujours avec une tête toute renfrognée genre vieille crêpe ? Ah oui, j'avais presque oublié, c'est sa nouvelle tête de « je ne vais plus me faire avoir par personne ».

Génial.

Bon, là, maintenant, tout de suite, j'ai pas trop envie de me prendre la tête avec elle. Alors, je fais comme elle veut. Pompes, lavage de mains, dressage de table. Et on s'assoit autour de la petite table minable en formica. Oui le truc en plastique rouge pourri qui veut faire genre c'est du bois. Donc je m'asseois. En silence. Parce qu'à part le « comment va l'école » et « tu devras juste compter sur toi », ma mère n'a pas trop de trucs à me dire.

« Jennifer », bon, je m'étais trompée, « tu te rappelles que la semaine prochaine nous allons à une soirée organisée par mon travail. » Pitié, non. « Ne fais pas cette tête. C'est important pour moi, tu le sais.

— Oui. Je sais.

— Donc, il faut que tu sois présentable. Hors de question que tu y ailles comme la fois où nous avons vu mon patron.

— Mais j'étais présentable. J'avais mis une jupe.

— Avec des baskets, Jennifer, tu avais mis des baskets. » Pff. Je sais où cette conversation va. La louse totale. « Donc, j'ai repéré un magasin qui fait de jolies ballerines pas trop chères dans le Mall. Il faut que tu y ailles parce que je ne connais pas ta pointure. Enfin, il faut que tu les essaies.

— M'man, pitié.

— Ne commence pas. L'apparence, c'est important.

— Je croyais que c'est ce qu'on fait qui est important.

— Mais si on te juge mal, tu n'auras même pas l'occasion de faire ce que tu sais faire. Et de toute façon c'est comme ça. »

La phrase préférée de ma mère.

« Oui, m'man.

— Bien, merci. »

Le reste du repas se passe en silence. Ma vie est un grand silence. Sauf quand je mets de la musique dans mon casque pour pas déranger ma mère et que je danse d'un pas léger pour pas faire de bruit.

Là, j'ai qu'une envie c'est filer dans ma chambre et me réfugier dans mon univers de musique. Sauf que faut d'abord biiien nettoyer la table et biiien étendre le torchon sur son crochet.

Arrivée enfin dans ma chambre, je mets mes écouteurs et je m'effondre sur mon lit. Ma vie est nulle. Je déteste ce pays, je déteste ma mère. Je voudrais être ailleurs. Ici je passe d'un jour à l'autre sans savoir pourquoi.

Je me relève et je me mets à danser, parce que là, c'est tout ce que je peux faire pour entendre mon cœur battre. Ma mère a tort. Mon rêve, je vais pas le lâcher. Je vais danser. Je ne sais pas comment. Faut juste que je trouve. Petite pirouette sur les talons. Et quand j'aurai trouvé, ma vie, la vraie, va commencer.

CHAPITRE 3

Quand je me lève le lendemain matin, ma mère est déjà partie au boulot. Je suis tranquille. Elle bosse comme aide-soignante à l'hôpital et a des horaires décalés. J'y comprends rien. En même temps, ça m'intéresse très moyen.

Je mets la radio. Si, si, ma mère a encore un petit poste de radio dans la cuisine. On est loin du 2.0 chez nous. Un truc trop top résonne dans la cuisine. Je mets du pain dans le toaster et je commence à danser. Un top-rock, petit mouvement comme si on marchait sur place en croisant les pieds et les bras. Bon, là, c'est le matin, j'y vais cool. Petit pas en avant, petit pas en arrière. Croise les bras. Et je recommence. Et shoot mes toasts. Cramés. Pas grave. J'avais pas faim de toute façon.

J'arrive à l'école. Un attroupement. De la musique. Ils dansent. Cette fois, je décide de m'approcher. L'air de rien je me fraie un petit passage dans l'attroupement. Je les regarde. Je les suis et mes pieds de leur côté se mettent à bouger tout seuls. J'y peux rien. Dès qu'il y a de la musique cool faut que je danse.

« Tu viens de m'exploser le pied. Dégage la migrante. Tu sais pas danser. »

Je ne bouge pas. Elles commencent à me gonfler les pitbulls over-glossés.

« T'as entendu ce qu'a dit Kendra, scram loser ! »

Une main m'attrape. Je me retourne prête à tout.

« Allez, dit Lucy. Te prends pas une heure de colle pour ces nanas. »

J'ai pas envie de lâcher, mais Lucy a raison. Alors on se trouve un spot un peu plus loin.

Regard accroché aux danseurs. Et un et deux, ils tournent à droite et trois et

« Aïe, mon pied.

— Oh, non, désolée.

— Non, ça va. Je rigole. Tu n'as pas marché sur mon pied. Mais tu recommences à danser sur place. »

Haussement d'épaules et petit sourire. Va falloir que je contrôle la b-girl qui est en moi. Et pour info, une B-girl, c'est une fille qui fait du hip-hop. Genre le truc le plus cool de la terre.

La cloche sonne. Dans la cohue pour rentrer par la porte principale, je me retrouve derrière Anton et Jorell. Ils sont pas pressés de rentrer, et leur groupe bloque le passage. Bref, je fais le poireau derrière les beaux gosses de service.

« Tu viens à la maison voir mes nouveaux skins ?

— Non, pas ce soir, mec. Je vais voir mon pote.

— Qui, le blond qui croit savoir danser ? »

D'un coup, Jorell arrête de faire son showman.

« Tu parles pas comme ça de mon pote. C'est le meilleur danseur que je connaisse. » Là, il attise mon intérêt. Meilleur que lui, ça doit déchirer. « Alors tu me lâches. »

Et Jorell se casse. Forcément, pour lui c'est facile. Tout le monde s'écarte sur son passage. Genre, place pour the King.

À la fin des cours, Lucy m'attrape au vol.

« Ça te dit d'aller boire un coup ?

— …

— Un thé, ou un chocolat chaud. C'est moi qui invite. »

On se retrouve dans un café presque branché du centre de Manchester. Le truc bien en Angleterre, c'est qu'on trouve tout et tout le monde dans les cafés. Une famille avec une poussette, deux petites vieilles qui complotent en rigolant, un jeune blondinet avec des écouteurs sur les oreilles. Cette chaîne à boissons fait tout pour faire cosy, avec des poufs et des grosses banquettes toutes moelleuses. Plouf. Je m'enfonce dedans.

Lucy arrive avec deux chocolats chauds. Juste avant, elle était partie se changer dans les toilettes. Petite jupe. Top qui lui arrive au nombril. On est en septembre. 17 degrés. Ça a pas l'air de la gêner. Paraît qu'il fait chaud pour la saison.

J'ai pas l'habitude de sortir et je sais pas trop quoi dire. En fait, ça fait bizarre d'avoir une copine. Depuis longtemps c'est moi et ma danse. La musique, le mouvement, mes seuls confidents. En France, j'avais pas plus d'amies que ça. Ce qui était important, c'est ce que je voulais moi. Ben oui. On est solitaire ou on ne l'est pas. Sauf que là, je sais pas.

Lucy s'étire, tel le chat, sur la banquette.

« On est bien ici. C'est mon spot. Quand j'en ai plein le dos de l'école, je me réfugie dans ce café. Parfois je dessine. D'ailleurs faut que je m'y mette, j'ai un portfolio à rendre bientôt. » À ma tête elle voit bien que je ne suis pas. « Je ne te l'ai pas dit ? Je postule, comme ils disent, pour une école de design en Hollande.

— À quinze ans ?

— J'en ai seize. Tu te rappelles, j'ai redoublé. Et l'année prochaine, j'en aurai dix-sept. Du coup, j'aurai largement l'âge. Et comme faut prévoir super à l'avance, je dois m'y mettre presque un an avant. Mais assez parlé de ma vie. À toi. Tu m'as raconté ta vie jusqu'à maintenant. Mais après ?

— Après quoi ?

— La vie, ta vie, ce que tu veux en faire. Allez, dis-moi.

— Je veux danser. »

La moue du genre 'ma pauvre fille, tu rêves' va débarquer, c'est sûr. Mais non, Lucy me regarde avec un sourire qui monte jusqu'aux yeux.

« Je le savais. Quand je t'ai vue regarder les mecs danser, je le savais. La danse, c'est ton truc.

— Oui, mais…

— Quoi, mais ?

— Ici tout ce que je fais, c'est danser dans ma chambre. Ça va pas m'amener bien loin. »

Lucy me fixe sans cligner des yeux, style Cobra.

« C'est ton rêve ?

— Clair.

— Il y a des rêves qui doivent se réaliser. Alors pourquoi tu ne vas pas danser avec les mecs la prochaine fois ? »

Là c'est moi qui ne cligne plus des yeux, pas trop style Cobra, mais plutôt genre le lapin face au serpent.

— Quoi ?! Non, non, juste pas possible. Tu comprends pas. D'abord je suis en jupe à l'école, et c'est juste impossible de danser avec cet uniforme. Et surtout je préfère faire les trucs seule. Je suis pas trop genre je suis dans un groupe et on fait tout ensemble.

— Ouais, sauf que si tu veux danser, va falloir changer. Va falloir que tu danses avec d'autres personnes. Les solos c'est naze. » Elle chauffe ses mains autour de sa tasse de chocolat chaud, me fixe de nouveau et sourit. « Donc, je te lance un défi. La prochaine fois que tu vois Jorell danser en dehors de l'école, tu dois aller danser avec lui.

— T'es dingue.

— Je sais. Alors ?

— Quoi ?

— Promis ?

— …

— Jay ?

Je vais pas m'en sortir. Elle m'a coincée, et puis… Est-ce que je pourrais le faire ? Bien sûr que je pourrais and j'ai sûrement pas peur de ce mec, même s'il a des moves qui déchirent, et des headspin de folie, et là va falloir que je réponde quelque chose, parce que le Cobra est de retour.

— Promis c'est bon. Ouiii, la prochaine fois que je verrai Jorell danser j'irai danser avec lui. Là. T'es contente ? »

Et je rigole, parce que la chance que ça arrive.

« Ça c'est fait. » Lucy sirote un peu de son chocolat chaud. « Sinon, il est mignon Jorell, non ?

— Qui ?

— Ta face, Jay, le mec avec qui tu vas danser. Des Caraïbes, les yeux bleus.

— Ok, stop. Il ne m'intéresse pas. Trop show off pour moi.

— Et un autre dans l'école ?

— Non sérieux. C'est le dernier truc sur mon agenda, les mecs.

— En tout cas, le blond avec ses écouteurs, là, il est trop chou. »

Lucy, my best gothique hyper cool se transforme d'un coup en une sorte de pom-pom girl américaine. Les cils qui battent, les mains qui sautillent.

« T'es dingue, tu le sais ?

— Oui. D'ailleurs je vais aller lui parler. »

Mais le temps qu'elle s'extirpe de son pouf, le blond est sorti du café.

CHAPITRE 4

Le lendemain matin, il y a une note sur la table de la cuisine. Ma mère et moi on communique par notes. Ça évite les mots qui grimpent, les portes qui claquent, la tragédie en bref. Ça évite pas la frustration.

N'oublie pas les chaussures. Je compte sur toi.

Pas un « bonne journée ». Rien. Regard à côté pour voir si elle m'a laissé des sous. Que dalle. Ben, là, c'est sûr. J'irai pas. Je vais pas dépenser mes sous pour des chaussures nazes. Pour me détendre j'allume la radio à fond et je me mets à danser. Un pas à droite. Épaule. Droite, gauche. Pied. Stomp. Pied. Stomp. Et main et clap. Épaule. Épaule.

Mon portable sonne. Message. « Tu fais quoi ? »

Je regarde l'heure. Shoot. J'avais donné rendez-vous à Lucy à l'angle du collège. J'attrape mon sac et je file sous une petite pluie qui mouille juste ce qu'il faut.

La journée passe. Longue, très longue. Remplie de bla-bla important de travailler, bla-bla année charnière. C'est dingue. Dans tous les pays les profs radotent de la même manière.

Pas de café ce soir, Lucy a un cours d'art. Alors je rentre. Seule. Pas grave. Ça me gêne pas.

Silence dans la maison.

Ça c'est cool. Je pousse la table du salon avec des magazines de déco qu'on pourra jamais se payer. C'est pas la piste de danse de folie mais ça va le faire.

Je branche mon mini amplificateur sur mon portable. Boum, les basses. Hop, je saute. Boum. Saut. Bam. Pirouette. Clap. Pirouette.

« Jennifer ? »

Non, non, non.

Vite. La table en place. Attraper un magazine. S'effondrer sur le canapé. L'air de rien. Surtout avoir l'air de rien.

« Tu es là ? Qu'est-ce que tu fais ? »

Mon magazine. La honte intersidérale, il est à l'envers. Si, je vous jure. Et comme ma mère n'est pas la dernière des quiches, elle va vite comprendre.

Elle me regarde, moi, le magazine, mon souffle coupé.

« Tu dansais ? »

Je réponds pas.

« Jennifer ! Et tes devoirs ? Tu les as faits ?

— Pas encore. »

Soupir maternel.

« On en a parlé Jennifer. C'est un nouveau départ pour toutes les deux. Mais ça demande du boulot. Ton boulot. Rien que le tien. Personne ne va t'aider. Et la danse, franchement, c'est pas sérieux. Ton père t'avait farci la tête de fantasmes de danse, de succès et j'en passe. Mais à la première occasion, il t'a lâchée. Ce n'était que du vent tout ça. Je suis sûre que lui aussi savait que c'était pas un truc raisonnable. Alors, je vais te le répéter encore une fois, Jennifer. Arrête de rêver. Ça ne te mènera à rien. »

J'ai entendu cette tirade trop de fois. Alors je pose le magazine. Sans un mot. Sans un regard pour ma mère. Je monte dans ma chambre. Livre ouvert sur mon bureau. Boule dans la gorge. C'est pas juste. Pourquoi je ne pourrais pas rêver ? Vision de Jorell et les autres mecs. Ils dansent. Libres. Un rêve éveillé.

Toc. Toc. Ma mère à la porte.

Retour à la réalité.

« Tu es allée acheter les chaussures ?

— Non. Je n'avais pas d'argent.

— Jennifer, tu sais très bien qu'on a un pot avec de la monnaie dans la cuisine. Tu aurais pu te servir. Donc, après tes devoirs, tu iras au Mall. »

Envie de crier. Ou pleurer. Ou les deux à la fois. Toujours faire ce que ma mère veut. Toujours travailler, être raisonnable. Je ravale mon cri. Ça sert à rien.

Je fais oui de la tête.

« J'ai du boulot, m'man.

— Très bien. Je compte sur toi. »

Elle referme ma porte. Les yeux sur mon livre, je bouge pas. Rien ne rentre. Rien ne rentrera. J'ai trop de tristesse dans la tête pour mettre quelque chose de plus.

Gros soupir. Vu que j'ai pas le choix, il me reste une chose à faire, et autant s'en débarrasser rapidement.

« M'man, je peux avoir des sous ? Je hurle en descendant les escaliers. Zut ma mère est au téléphone. Bon, à part mon père pour lui demander de payer la pension, je vois pas trop à qui elle pourrait parler.

« … tu as un mois de retard…. Ça n'est pas la question…. Tu veux lui parler, elle est là…. Donc tu vois bien, ça n'est pas la question…. Oui par virement. »

Elle raccroche.

« C'était ton père. J'imagine que tu ne voulais pas lui parler. De toute façon, lui n'avait pas le temps. »

En fait si, j'aurais bien aimé lui parler. Parce que depuis qu'on est ici, c'est comme si j'existais plus trop pour lui. Voire plus du tout. Genre j'ai ma vie et t'as la tienne. Alors, oui, les six derniers mois quand on était encore une famille ont été un enfer, et j'ai rien fait pour calmer les choses, parce que soyons clair, ce qu'il a fait à ma mère, c'est dégueulasse et c'est un gros naze. Mais bon. C'est mon père quand même.

Ma mère récupère le tas de lettres, genre factures, qu'elle avait posé à côté du téléphone. Soupir maternel.

« Tu as besoin de quelque chose?

— De l'argent, pour les chaussures.

—Voilà 50 pounds. Tu me rapportes la monnaie. Tu te rappelles, la boutique à l'angle, entre le Boots et le Flying Tiger ? Les chaussures sont jolies et pas chères. »

Dix arrêts de bus plus tard, j'arrive au Arndale Center. Le grand Mall tout en verre, avec ces escaliers en rond, des escalators dans tous les sens, et une lumière brillante, genre on est sous le soleil d'Espagne. Musique d'ambiance qui tente d'être joyeuse. Je tourne un peu et rond et je finis par trouver la boutique dont ma mère m'a parlé.

Je m'arrête devant la devanture. Mon cœur aussi s'arrête. Net. Ma mère veut que je porte ça ? Genre les petshops rencontrent la reine des Neiges. Sérieux. C'est juste pas possible.

La tête collée de désespoir à la vitrine, un reflet passe. Jorell. Avec un pote. Un blond. Et un radio-cd hyper rétro.

Mon cœur se remet à battre. Ça doit être le blondinet dont Anton parlait. Danser. Je suis sûre qu'ils vont danser.

Je lâche la vitrine et je les suis.

Musique. Ils se sont installés dans un coin où il y a peu de passage. Je me cache derrière une colonne et je les regarde. Hop, pirouette et clap en bas. Jorell enchaîne pirouette, handstand, backflip. Facile. Et c'est au tour de son pote.

Apnée totale. Si Jorell est bon, son pote appartient à un univers parallèle. Il ne danse pas. Il surfe sur le sol. Il plane. Il vole. Les basses résonnent. Boum. Boum. Je respire à son rythme. Boum. Épaule, main sur le sol.

Boum. Pirouette.

Je freeze.

Jorell me regarde.

Sans m'en rendre compte, j'ai bougé au rythme de la musique et je suis sortie de ma cachette.

Tel un prince, en faisant un large geste de la main, il m'invite au centre de la piste. Il se fiche de moi ou quoi ?

Les mots de Lucy.

Danser devant Jorell.

C'est dingue. Je peux pas. Bon je sais que j'ai dit que je pouvais que ça ne me faisait même pas peur, mais là, d'un coup, mon cœur bat bien trop vite et j'arrive plus à avaler ma salive. Je sais bien que j'ai promis. Mais bon. C'est dingue. Je… Non. Je vais pas non plus me défiler. Alors je redresse mes épaules et j'avance au milieu de la piste.

Petite révérence de Jorell. L'autre gars me regarde même pas. Il a juste le doigt sur le bouton Play.

Je ne sais pas ce qui est le plus stressant. Le regard de Jorell ou l'indifférence de l'autre.

Mais, bon. J'y suis. Je ferme les yeux. Respiration. Faire comme si j'étais dans ma chambre où tout est possible. Boum. Le rythme de la musique envahit mes veines. Et un et deux. Pas de côté. Et un et deux. Touche le sol. Et un et boum. Pirouette et saut. Shuffle, petit saut, shuffle. Boum. Saut à l'écart et bam. Je danse. Je danse. La vie m'envahit. Tout peut s'arrêter, la terre, tout. Sauf moi. Je danse !

La musique s'arrête.

Silence.

Souffle haletant. Je suis épuisée. Hyper compliqué dans cette situation de rester cool.

« Une fille qui sait danser ! La classe, mec, » me fait Jorell.

Et là, comme une évidence, je sors, « Je suis pas une fille, je suis une b-girl. »

L'autre type s'approche de moi et me tend une bouteille d'eau.

« Je suis Brad, lui c'est Jorell.

— Je sais, je dis entre deux gorgées, on va à la même école. »

Regard surpris de Jorell.

Silence.

Je redonne la bouteille à Brad.

« Bon. Salut. »

Ben oui. Je vous l'ai dit, le truc de groupe, c'est pas mon truc justement. J'ai tenu ma promesse, je peux partir.

« Et la b-girl, elle a un nom ? demande Jorell.

— Jay, je réponds sans me retourner.

— Reviens la semaine prochaine, si tu l'oses. »

Là, une envie de sauter comme un marsupilami en hurlant de joie me prend. Forcément. Des mecs qui dansent comme des dieux veulent danser avec moi. Avec moi ! Ça veut dire que j'assure. Bon. Sauf que. Calme, je dois rester calme. Alors je ne dis rien. Je montre juste un pouce vers le haut. Ça doit être suffisamment détaché pour paraître cool.

Je me retrouve face à la boutique de chaussures. Souffle haletant. Mes pirouettes. Ces chaussures vernies, version petite fille. Mes sauts, l'énergie.

Je tourne les talons. Je vais m'acheter une paire de Nike Air et pas grave si ma mère hurle. Je m'appelle Jay, je suis une b-girl et ma vie vient juste de commencer.

CHAPITRE 5

Quand j'arrive chez moi, je file dans ma chambre. Boîte posée sur le lit. Je la regarde. C'est le début. Je le sens. Le début d'un truc de folie. J'ouvre la boîte doucement et je prends mes baskets. Des baskets pour le hip-hop. Pour commencer ma vie. Une fois aux pieds, je bouge, non, j'ondule sur la moquette bleue toute tachée par les anciens locataires. Je tourne lentement.

Ma mère. Dans l'encadrement de la porte. Avec son air de p'tite vieille pas contente.

« Jennifer ? C'est quoi ces baskets ? »

Bon. Fallait s'y attendre. Je prépare mes arguments. Pas certaine du tout que ça passe.

Avec mon plus beau sourire je commence.

« Je sais, c'est pas exactement ce que tu voulais. Mais elles étaient en promo. Et au moins celles-là, je vais les mettre plus d'une fois. »

Silence de ma mère. Des yeux qui essaient de comprendre. Et moi, au lieu de saisir une occasion de me taire, je continue.

« Tu comprends, j'en ai besoin. Pour danser.

— Danser ?! Tu as acheté ces chaussures pour danser ? Et tu crois que j'ai de l'argent à perdre dans tes lubies ? Je t'ai déjà dit d'arrêter avec ça. Et elles ont coûté combien ? Et c'est ce que je t'avais demandé de faire ? Pourquoi tu ne peux pas faire juste ce que je te demande ? »

Elle a dit ça d'une traite. Sans respirer. Ma mère va s'asseoir sur mon lit. Elle essaie de se calmer.

« Danser. » C'est reparti. « Je croyais qu'on était d'accord, Jennifer. Il faut arrêter de rêver. La seule chose pour t'en sortir dans la vie c'est le boulot. Travailler à l'école. Compter sur toi rien que sur toi. Et ces rêves de danse, c'est juste bon pour une émission de télé.

— Pourquoi ? Qu'est-ce qu'il y a de mal à rêver ? Pourquoi je pourrais pas danser ?

— Pour la millième fois, les rêves, la danse, ça ne te mènera à rien. Crois-moi. Et je ne serai pas toujours là pour te rattraper. Alors, il va falloir que tu te mettes du plomb dans la tête. Ces chaussures, je les ramènerai au magasin. Et demain tu iras t'acheter la paire que je t'ai demandée. »

Le temps se suspend, genre, toutes les deux on réfléchit si on continue à se friter.

Inspiration. Ça sert à rien. J'enlève mes baskets. Je les repose dans la boîte que ma mère tient dans ses mains. Elle sort. Sans un mot. Elle en a assez dit de toute façon.

Je m'effondre sur mon lit. Rien, ma vie n'est plus rien.

Le lendemain matin je retrouve Lucy à notre point de rendez-vous. J'ai la tête comme mon cœur. Pâle, sans vie.

« Oh, là, qu'est-ce qu'il y a ?

— Ma mère, je la déteste. »

Et je lui raconte toute la soirée.

« Et en plus, pour réussir à dormir j'ai dû mettre mes écouteurs, histoire de ne pas entendre ma mère pleurer dans sa chambre. T'imagines ?

— Oh, ho, ho. Deux secondes. Retour arrière. Tu as dansé devant Jorell ?

— Oui, mais c'est pas le problème.

— C'est clair, c'est pas un problème. C'est génial. » Et Lucy saute en l'air. « Tu as dansé avec Jorell. »

Je la regarde. Et bam, ça me saute à la face. La vache. Oui. J'ai dansé. Devant Jorell. J'ai dansé. Et j'ai assuré. Les couleurs reviennent sur mon visage. J'y crois pas. Toute l'histoire avec ma mère m'avait fait oublier le truc le plus important. Sautillements avec Lucy.

« J'ai dansé devant Jorell-ell, et j'ai assuré, hey !

— Bon, alors, qu'est-ce que tu vas faire ? demande Lucy en reprenant son souffle. Tu vas y retourner ?

— J'sais pas.

— J'y crois pas. » Et Lucy se prend la tête dans les mains. Son côté goth dramatique. « Tu fais le plus dur, et là, tu sais pas. »

Elle a dit les derniers mots en m'imitant.

« J'ai dansé, c'était cool, mais j'ai pas besoin d'eux.

— Les solos c'est naze.

— C'est toi qui le dis.

— Et c'est ta chance de pouvoir danser. Comment tu vas faire autrement ?

— Ok. Admettons. Mais Jorell est tellement amoureux de sa personne, Lucy. Je suis pas sûre d'avoir envie de passer mes soirées avec un mec pareil. »

En discutant, on est arrivées devant le collège. Ça crie, ça se bouscule. Et là, Jorell arrive, marchant comme s'il avait des chaussures à ressorts. Derrière lui, le troupeau de moutons qui gazouillent et qui piaillent. Trop naze.

On les regarde passer devant nous. Jorell qui rigole avec ses potes ne me voit pas.

« Voilà. Son côté je fais le show je suis le plus beau, ça me gave. »

Lucy n'insiste pas. Enfin, jusqu'à l'heure de la cantine.

On se trouve une table juste pour nous dans le hall qui sent la soupe poireaux patates du jour et qui résonne comme si on mettait sa tête dans une cloche, et elle revient à la charge.

« T'es sûre ? Franchement, tu devrais lui laisser une chance. »

Jorell et ses chiennes de garde s'arrêtent devant nous.

« Jay, c'est ça ?

— Ouais. » C'est dit sans lever la tête.

« …

— …

— Ok, cool. »

Il rebranche ses chaussures à ressorts. À sa suite les bulldogs me lancent un regard version on aura ta peau.

« C'était quoi ça ? fait Lucy.

— Quoi ?

— Ton attitude, my best, ton attitude.

— Rien. Je te l'ai dit. Il se prend pour un dieu et moi je veux pas être un de ses moutons.

— Mais tu vas pas devenir un mouton, tu vas danser. Ça n'a rien à voir. Promets-moi que tu vas y réfléchir.

— Pff. Toi et tes promesses. Oui, OK. Je te promets. »

Lucy sourit et croque dans une tranche de pain complet.

— Il est quand même trop mignon.

— Commence pas.

— Quoi ? Tu ne le trouves pas trognon ? »

Je m'étire sur le dossier en bois de plastique de ma chaise. Gros soupir.

« Il est pas mal. Oui. Mais, enfin. Non. Je m'en fiche. » Lucy bat des cils comme une princesse Disney le menton posé sur sa main. « Arrête. Non. Il ne m'intéresse pas. Et de toute manière le truc vital pour danser, c'est des chaussures, et là j'en ai pas. »

Lucy ne me lâche pas des yeux.

« J'ai la solution. »

Après les cours, je retrouve Lucy. On sort et on marche à travers des rues de petites maisons en briques rouges. Ouais je sais, pas original, mais c'est pas ma faute, si toutes les maisons se ressemblent.

« J'ai trouvé le boulot parfait pour toi.

— Un boulot ? Mais j'ai que quinze ans.

— Et alors ? Ici, tu peux travailler. Et voilà ! »

Devant nous la devanture d'un caf graisseux et vieillot. La peinture autour des baies vitrées s'écaille. Une petite annonce griffonnée à la main et scotchée sur la porte dit qu'on recherche une serveuse pour les samedis et dimanches. Là tout de suite, je ne suis plus trop sûre. Sauf que j'ai besoin d'argent pour mes baskets.

Grande respiration.

Une sonnette annonce notre arrivée. Un type avec le ventre qui danse la samba devant lui et sans un cheveu sur le crâne sort de la cuisine.

« Bonjour, je viens pour l'annonce, monsieur. »

Ça coûte rien d'être polie.

Il me regarde de haut en bas. « Tu as déjà servi ?

— Oui. »

Bon, là je mens un peu. Parce que question service j'ai juste aidé une fois ma mère à l'époque où mon père invitait plein de monde à la maison. Mais je laisse rien paraître.

Petit rire du chauve. Il a du mal à me croire, c'est sûr.

« Alors tu commences samedi. trois pounds cinquante de l'heure et on se partage les pourboires. »

Je trouve ça abusé, mais j'encaisse.

« Très bien. Et je commence à quelle heure ?

— 5.30 AM. »

Arrêt de ma respiration. C'est juste le milieu de la nuit. Mais j'encaisse. Encore.

« Très bien.

— Ok. P'tit bébé. Alors à samedi. »

On sort. Et c'est mon tour de faire le regard qui tue à Lucy.

« T'avais rien de pire ?

— T'étais pas obligée d'accepter, si tu voulais pas.

— Mais c'est naze. C'est la caverne de graisse-man.

— Ouais, mais c'est un boulot. »

Lucy a raison. Ça me tue, mais elle a raison.

« Ouais. Un boulot. »

Un boulot, la vache. J'ai un boulot. Sourire qui titille mes lèvres. Parce que oui, l'endroit est moche, avec son carrelage qui a été blanc il y a un siècle et ses banquettes rouges à moitié défoncées. Oui, c'est un boulot de naze, mais, mais je vais avoir des sous. Et mes baskets. Le seul problème c'est ma mère. Va falloir la convaincre.

Tout le long du chemin je me prépare mentalement. La dernière bataille avec ma mère a été, comment dire, la cata. Va falloir jouer serré.

Quand j'ouvre la porte, la télé diffuse le commentaire d'un mec racontant dans un hululement les aventures d'un ours ou d'un renard. Trop pourri.

Je fais gaffe de bien accrocher ma veste au porte manteaux, je range bien mes chaussures. Inspiration. Entrée dans l'arène.

« Ah, ma puce. L'école s'est bien passée ? Tu en as mis du temps à rentrer. Tu as des devoirs ?

— Un truc ou deux.

— Alors file les faire. On va dîner bientôt.

— M'man », le cœur qui s'accélère, mais où est ma

salive, « Heu, j'ai un truc à te dire. »

Ma mère pâlit, éteint la télé. Là elle pense à un truc hyper grave. Obligé.

« J'ai trouvé un boulot pour le week-end. » Silence. Je suis pas sûre qu'elle ait bien compris. « J'ai un boulot le week-end. Je vais bosser dans un caf.

— Oui, oui, je t'avais bien entendue la première fois. Qu'est-ce qui te passe par la tête ? Tu as pensé à l'école ? Et sans m'en parler ? »

Accélération de ma respiration. Pas question de lâcher.

« Oui, je sais. Mais ça s'est passé vite. C'est Lucy qui me l'a trouvé.

— Lucy ? Qui c'est Lucy ?

— Une amie. Je t'en ai parlé le premier jour.

— Et c'est elle qui choisit et dirige ta vie ?

— Mais non. M'man, c'est un nouveau départ, ici, c'est bien ce que tu as dit ? Et ici, ben, je peux travailler. » Silence. Alors je sors mon argument massue. Enfin, je l'espère. « Et puis avec ce boulot, je suis responsable. »

J'hésite à rajouter les valeurs de l'argent bla bla bla, mais je sais que ça ferait trop fake. Alors je m'arrête. Attente. Toujours pas de salive dans ma bouche.

Ma mère se frotte le nez. Signe qu'elle réfléchit. Silence. Attente.

« C'est vrai. Un travail peut t'apprendre à être responsable. Mais l'école est bien plus importante. Ce travail ne doit pas te prendre tout ton temps. C'est le week-end, tu dis ?

— Oui. Et juste les samedis et dimanches midi.

— Et tes devoirs ? Tu penses que tu auras le temps de les faire ?

— Oui, oui. Je te promets.

— Je suis sérieuse, si tu négliges tes devoirs et que tes notes baissent, tu arrêtes.

— Ok. Ok. Donc tu es d'accord ?

— Oui. Enfin, on peut faire un essai, mais je suis loin d'être ravie. »

Donc là, j'évite de faire dans la victoire type match de foot. « Merci. Merci. Je file faire mes devoirs. »

Quand je monte les escaliers, j'entends, « Et il est où ton café ? Parce que je vais aller quand même y jeter un coup d'œil. »

Arrêt total. Passage de glace dans mes veines. Non ! No way ! Je redescends. Non, en fait je saute en bas des escaliers.

« Non, m'man. T'as pas besoin. C'est un endroit hyper sympa. Lucy y dîne tous les week-ends. »

Oui, je sais, j'exagère à peine. Mais, imaginez votre mère rencontrer votre boss. C'est le seum ultime. J'aurai plus qu'à me transformer en canard.

« Oui je sais que je n'ai pas besoin. Mais j'ai envie. Tu y seras jusqu'à quelle heure samedi ?

— 14 heures. Je bosse de 6 heures à 14 heures. »

Temps d'arrêt.

« 6 heures du matin ? Toi ? te lever ? » OK. Ça va. Elle abuse un peu. « Je suis curieuse de voir ça. Tu as raison, ça va t'apprendre des choses ce boulot. Tu auras besoin que je te réveille ?

— Non, non, ça va aller. »

Je remonte dans ma chambre. Je referme la porte en m'appuyant dessus. La honte passe. Reste la joie. Ma mère a accepté. J'ai un boulot pour de vrai. Je fais quelques pas de danse de la victoire. Moulinet des bras à droite, moulinet des bras à gauche. Petit saut, moulinet à droite à gauche.

Même si, pour être honnête, le 6 heures du mat, à moi aussi, ça m'a fichu un coup.

CHAPITRE 6

Donc, voilà. C'est samedi. Matin. Non. Samedi milieu de nuit. Le moment où tous les gens normaux dorment et dring mon réveil, à moi, sonne.

Mais je me lève. Parce que je veux prouver à ma mère qu'elle a tort de douter. Je suis plus un bébé. J'ai pas besoin qu'elle me tienne la main. Ou me réveille. L'eau de la douche achève de m'ouvrir les yeux. Quand je descends, ma mère est déjà dans la cuisine. Elle doit faire un horaire du matin.

« Debout ? C'est bien. N'oublie pas de me donner l'adresse, Jennifer. »

Je griffonne l'adresse vite fait. Je dis rien. J'ai pas envie de me prendre la tête si tôt le matin. Jamais elle viendra. Vu qu'elle travaille.

J'arrive au caf. Lumière de néon blanche presque verte. Le boss est déjà là, assis au comptoir en bois verni façon tache d'eau, à lire The Sun.

« Ah, p'tit bébé. À l'heure. J'aime ça. Comment tu t'appelles ?

— Jay.

— Bon, p'tit bébé, voilà ce que tu fais, tu nettoies les salières et les bouteilles de ketchup, tu ranges les verres, tu passes un coup sur les tables et tu les dresses. C'est bon ?

— Bien, monsieur. » Ben quoi, j'ai appris à être polie.

Monsieur éclate de rire. « Harvey, p'tit bébé, je m'appelle Harvey. Et aussi, quand les clients arrivent tu prends leurs commandes vite fait. »

Son truc de m'appeler p'tit bébé commence à me saouler, mais je dis rien. Je m'épate moi-même.

Pendant que je bosse, j'observe Harvey du coin de l'œil. Malgré le temps pluvieux, il a mis une chemise hawaïenne orange à grosses fleurs. Son ventre rebondit à chacun de ses pas. Je ne suis pas sûre que ça vient de lui, mais une vague odeur d'huile froide et de transpiration m'assaille les narines. Pour me donner du courage j'ai besoin de musique. Je repère un vieux poste de radio posé sur une étagère à côté des bouteilles de ketchup.

« Je peux mettre la radio ?

— Vas-y, p'tit bébé. » Sur Radio One, ils passent un super groove. Top. Discrètement je bouge mes pieds en rythme. « Si tu as envie de remuer des fesses, tu as choisi le mauvais endroit. »

Je bloque. Remuer des fesses, mon cul, ouais. Je faisais un super mouvement où mon talon droit touche le pied gauche pour envoyer la pointe gauche en l'air et ainsi de suite. Mais je dis rien. Serrage de dents. J'ai besoin de ce boulot.

À 6h30 les premiers clients arrivent. Et là je voudrais bien faire dans l'original, mais c'est pas possible. Ces mecs sont les stéréotypes des travailleurs de chantiers. Grands, gros, graisseux avec des paluches noires.

Ils se sont même pas assis que ça commence.

« Hé ! Harvey, tu t'es trouvé un p'tit oiseau ?

— Elle chante aussi ?

— Tu sais, c'est pas bien le détournement de mineures. »

Harvey va rigoler avec eux, c'est sûr. Ça va être ma fête. Je bouge pas. Honnêtement, j'ai peur.

« Vos gueules, les macaques. » C'est Harvey qui

vient de parler. Tout le monde se tait. Ils viennent de se faire insulter, et rien. « C'est la nouvelle serveuse, et j'ai l'intention de la garder. Alors si vous n'arrivez pas à garder vos mains sur la table ou dans vos poches vous pouvez aller bouffer ailleurs. » Silence. « Bon. Et mes saucisses grillent. Si ça continue elles vont brûler. Allez, les gars, faites péter la Worcester sauce. »

Éclat de rire général. Je regarde Harvey. D'après ce que je pense de ce mec, il aurait dû être horrible et graveleux, mais non. Il a été super cool. J'y comprend rien. Harvey me fait un clin d'œil et un signe d'aller prendre les commandes.

Je m'approche de la table. J'avoue que je m'attends quand même à des remarques. Mais pas celles-là.

« Excusez-nous, mademoiselle. On aboie mais on mord pas.

— C'est quoi votre p'tit nom ?

— Jennifer, enfin, Jay.

— Alors, Jay », me fait un grand costaud avec un cœur tatoué sur le cou (quand je vous parlais de stéréotype), « j'ai une p'tite faim. »

Et là, il me sort à peu près tout ce qu'il y a sur la carte.

Et à partir de ce moment, je ne touche plus terre. Prise de commande. Course à la cuisine pour délivrer. Clochette qui sonne. Course pour récupérer et servir. À 14 heures je suis rincée. J'ai mal aux jambes, au dos. Bref, je suis une grosse courbature ambulante.

Harvey me regarde, un sourire en coin.

« Tu n'avais jamais bossé comme serveuse, n'est-ce pas ?

— Non. »

Il rigole. « Tu t'es bien débrouillée pour une première. Il reste juste à passer un coup de balai et la serpillière et tu pourras aller te reposer, p'tit bébé. »

Le sol brille d'humidité quand j'entends la cloche de la porte sonner.

J'y crois pas. Il va falloir tout recommencer pour ce client-qu'aurait-pas-pu-aller-bouffer-ailleurs. Mais bon. Je pose ma serpe pour attraper mon calepin, et je bloque au milieu du caf.

Ce n'est pas un client.

Non.

C'est ma mère. Elle a osé. Elle est venue. Là tout de suite, je ne serais pas contre un truc genre l'upside down pour la faire disparaître. Trop tard. Harvey est déjà en train de discuter avec elle.

« Alors, qu'est-ce qu'on vous sert ma p'tite mam'zelle ? »

Non. C'est la cata.

« Heu, oh, non, non, merci. Je suis la mère de Jennifer. Comme elle m'a dit qu'elle débutait ici et que je ne connaissais pas, enfin…

— Vous vous êtes dit que ça serait bien de voir l'endroit et le patron. Venez, on va s'installer pour discuter. » Harvey invite ma mère, avec son tailleur bleu version super nanny, à s'asseoir à une table. Rah, c'est juste trop le seum. « C'est bon, Jay, tu peux y aller. On va discuter avec ta mère. À demain. »

Sauf que j'ai pas du tout envie de partir. Ils vont parler de moi. Je veux être là. Mais bon, Harvey a un ton qui fait qu'on discute pas trop.

« À tout à l'heure, m'man. À demain Harvey. »

Je referme la porte du caf, en me demandant si j'y reviendrai jamais.

Chez moi, c'est juste intenable, l'attente. Mais quand ma mère arrive, je fais la fille détachée.

« Tu veux une tasse de thé, m'man ? »

OK. Je suis grillée. Jamais je propose du thé à ma mère.

« Tu veux savoir comment s'est passée mon entrevue avec ton patron ? »

Qu'est-ce qu'elle croit ? Évidemment. Elle va dans la cuisine et met la bouilloire en marche. C'est un truc d'ici qu'elle a vite pris. Une tasse de thé en toutes occasions.

Regard de ma mère. Visage fermé. Lèvres pincées.

« Tu sais que je n'ai pas apprécié que tu prennes ce travail sans m'en parler. Et qu'il fallait que je voie où tu allais travailler. »

Enfoncement de mes ongles dans la paume de ma main. Surtout ne pas l'ouvrir. Il ne fallait rien du tout. Et surtout pas venir m'humilier devant mon boss. Mais bon, si ça se trouve j'ai plus de boss. Ma mère contiue.

« Je trouve l'endroit un peu, comment dire, pas très accueillant. Mais ton patron a l'air d'être un homme responsable. Alors on va voir pendant un trimestre. Tu peux travailler avec Harvey, qui m'a l'air d'être quelqu'un de bien, mais si tes notes baissent, on arrête tout, c'est compris ? »

Arrêt. Information qui monte au cerveau. C'est quoi ce délire. Ma mère trouve Harvey un mec bien. Ce gros à chemises hawaïennes, un homme bien. Mais où va le monde ? Mais dans la bonne direction ! Parce que le truc principal c'est que j'ai un boulot. Et dans deux trois services j'aurai mes baskets. Je fais tout ce que je peux pour ne pas faire une danse de la victoire. Du coup je freeze.

« Tu n'es pas contente, Jennifer ?

— Si, si, bien sûr. Et je te promets que je vais bosser à l'école. T'en fais pas.

— Je ne m'en fais pas. Harvey a raison, le travail est formateur. » En fait je dois mon boulot à Harvey. Pourquoi il a fait ça ? Des serveuses, il peut en trouver à la pelle. Ce n'est sûrement pas pour ma mère avec son tailleur de mamie. Ça c'est impossible. « Tu n'as pas des devoirs à faire, plutôt que de rester plantée au milieu de la cuisine ?

— Si, si. »

La fin de l'après-midi se passe, ma tête dans le livre de géo. Littéralement. Je tente la méthode d'apprentissage inconsciente. Pas sûre que ça marche.

Le dimanche quand le réveil sonne je l'écrase d'une main rageuse. Mais qui est-ce qui a mis mon réveil au milieu de la nuit ? Je me retourne et je me rendors.

Bim. D'un coup, je suis assise dans mon lit. Cœur à deux cents à l'heure. Le caf. Je dois bosser au caf. Je prends une douche express. J'attache mes cheveux comme je peux et je saute dans mon jogging.

Après un p'tit sprint, j'arrive juste à l'heure. Harvey est déjà là. Et sa chemise hawaïenne aussi. Bleue cette fois.

« Hey, p'tit bébé. Ça va ? Pas trop dur ce matin ?

— Non, non. » Voix des cavernes. Ok. Je suis totalement grillée.

Harvey rigole, « T'en fais pas. On s'habitue. Tu sais ce que tu as à faire, p'tit bébé. »

Il met la radio de lui-même avant de prendre The Sun pour le lire au comptoir. Je bosse en silence.

« Dis-moi, tu fais quoi quand tu n'es pas à l'école ? »

Incrédulité. C'est la première fois qu'un adulte me demande autre chose que comment ça va à l'école.

« Je danse. »

Attente du rire ou du commentaire sarcastique. Mais non.

« Ton truc là que tu faisais hier, avec les fesses ?

— Non, c'est pas un truc avec les fesses, c'est un talon pointe de pied.

— Un quoi ?

— Un talon pointe de pied. Tu pousses ton talon

vers l'autre pied. Et paf. Ça envoie les doigts de pied de l'autre côté.

— Fais voir. »

Hein ? Il veut que je lui montre ? Que je danse ? Jamais un adulte m'a demandé ça. Ma mère c'est plutôt, arrête, fais moins de bruit, ça sert à rien. Mais faut pas me demander deux fois. Hop je passe devant le comptoir. Pleine d'énergie d'un coup.

« Et un et deux, et pousse le talon droit et la pointe gauche, et trois et quatre de l'autre côté. »

Harvey rigole et se lève. Il essaie. Je rigole. On a l'impression qu'il a dix pieds et qu'il ne sait pas quoi faire avec.

« C'est trop dur ton truc, p'tit bébé. Regarde, moi je sais bouger les fesses et le ventre. »

Il entame une sorte de mix entre danse du ventre et rock. Je suis éclatée. Harvey est top en fait. Ça m'apprendra à juger les gens trop vite. Mais on s'arrête avec l'arrivée des premiers clients. Il est déjà 9 heures.

Harvey m'avait dit que le dimanche c'était plus tranquille. Des familles, des jeunes qui terminent leur nuit et épongent le trop-plein de bières dans les saucisses. Tout le monde qui entre lance un petit mot sympa à Harvey. Et Harvey y répond du fond de la cuisine.

À moi aussi, les clients me parlent. Au début ça fait drôle. Je suis sûre qu'ils se fichent de moi. Mais non, en fait. C'est sincère. Trop bizarre. Étrange même, la gentillesse. Le service se passe du coup dans la bonne humeur. Bon, à la fin je suis quand même épuisée. Ça, ça ne change pas.

Je m'assois sur une banquette et je regarde d'un peu plus près les photos accrochées au mur. Harvey avec des potes dans les îles. Harvey avec une femme devant le Taj Mahal. Tout le monde sourit. Non, ils rigolent des yeux. Le bonheur, le vrai. Qu'est-ce qui a bien pu arriver à Harvey pour qu'il finisse dans un caf à Manchester ?

« Tu peux y aller, p'tit bébé. Je finirai. »

Bizarrement, son p'tit bébé ne me gonfle plus. C'est Harvey. Le seul type qui puisse mettre des chemises hawaïennes en Angleterre.

« Non, non, je vais passer le balai. » Ok, si ma mère entendait ça. Tout en passant le balai je me lance dans le truc qui me travaille. « Harvey, comment ça s'est passé hier avec ma mère ?

— Oh, très bien, très bien. Vous êtes nouvelles dans la région à ce que j'ai compris. C'est normal que ta mère veille sur toi.

— Ouais, j'aimerais bien qu'elle me lâche », je mâchonne entre mes dents.

Harvey rigole. Il a entendu. Mais fait comme si.

« Je l'ai rassurée. Et on a plein de choses en commun. On a bien discuté. »

Des trucs en commun ? là je bloque. Mais bon.

« Merci, Harvey, j'avais peur qu'elle m'interdise de remettre les pieds ici.

— Ah, bon, pourquoi ? »

Shoot. Je vais quand même pas lui dire que son caf est un chouia moche maintenant. Parce qu'en fait même dans son état jus de graisse, je commence à l'aimer, son caf. Vite, j'improvise, « Ma mère pense que je devrais être une jeune fille modèle et donc travailler dans un endroit plus chic.

— Ta mère veut juste que tu sois heureuse. »

Je réponds pas. Non, ma mère ne veut pas juste que je sois heureuse, sinon elle me laisserait danser. Mais bon, c'est un truc d'adulte ça, de vouloir le bonheur des enfants malgré eux.

« J'ai fini, Harvey. À samedi prochain?

— Oui, p'tit bébé. À l'heure et de bonne humeur. »

CHAPITRE 7

Lundi matin, j'ai un demi-million de textos en retard. J'ai comaté tout l'après-midi et le soir ma mère récupère mon portable. Si, si. Elle fait ça.

Lucy me saute dessus. Quelques questions sur le caf et puis le truc qui lui brûle les lèvres.

« Alors, tu as décidé ? Tu y retournes ?

— Où ça ? »

Elle me pousse les épaules. « Danser ! Avec Jorell. Bon ce soir, chocolat chaud à notre spot et débrief.

— Ok, sauf que d'abord tu m'as promis d'aller avec moi acheter les chaussures de naze. »

Après des heures face aux bla bla bla des profs, on se change vite fait dans des toilettes publiques. Et là, la journée commence enfin.

Lucy a mis une mini-jupe tellement serrée qu'elle a du mal à monter les escaliers. Mais ça lui va. Avec, elle est juste cool. Pas pouf une seconde. Moi, j'ai mon jogging et un sweat.

Devant le magasin désigné par ma mère, j'ai l'estomac qui fait un backflip. Sérieux. C'est juste trop moche. Trop girly. Trop de paillettes et de petits nœuds. Mais bon. Grande respiration. On entre dans la boutique. La vendeuse avec un nez d'aigle et juste assez de peau pour cacher ses os nous regarde de bas en haut. « Oui, c'est pour quoi ?

— Je désire acheter une paire de chaussures.

— Ça je l'imagine parfaitement. Vous êtes dans un

magasin de chaussures. »

Elle le prend comme ça ? Un regard à Lucy. On s'est comprises et on va bien s'amuser. Je souris. Un sourire angélique.

« J'aimerais des ballerines noires en 36, s'il vous plaît. »

Elle n'a pas envie de me servir. Mais, ça je le sais, un client est un client et vu le peu de monde dans sa boutique elle ne peut pas se permettre de nous mettre dehors.

« À paillettes, avec nœud ?

— Oh, j'hésite. Amenez-moi tout ce que vous avez et je verrai. »

Elle part en direction de sa remise, la peau encore plus tendue. Et elle revient avec quatre boîtes. J'essaie la première paire. Elle me va. Ça ira bien. Mais comme on a décidé de s'amuser, j'essaie chaque paire. Deux fois. Et Lucy en rajoute.

« Oui, elle est bien, la paillette réagit bien à la lumière, oh c'est trop dur de décider, essaye encore celle-là pour voir. »

Notre vendeuse cuit doucement sous son chignon. Au bout d'une demi-heure, je lui tends la première paire.

« Bon, je vais prendre celles-là. »

Si elle était une cocote minute, elle sifflerait toute sa vapeur. On paie et on ressort, bras dessus bras dessous. Explosion de rire.

« Attends, Jay. On y retourne. Et là c'est moi qui lui fais ouvrir dix boîtes. Sauf qu'à la fin j'achète rien.

— T'as aucune pitié, Lucy. Allez, chocolat pour fêter mes chaussures.

— Et débrief. »

Lucy ne lâche rien. Le temps qu'elle se glisse sur la banquette, ce qui n'est pas si facile avec la jupe qu'elle a, elle attaque.

« Alors, voilà comment je vois les choses. Un, tu as dansé devant Jorell. Deux, il ne s'est pas moqué de toi. Si ? Non. Donc tu déchires. Trois, faut que tu y retournes.

— Lucy, Jorell est le plus grand show off de l'école. D'accord il danse comme un dieu, mais il se la pète grave. Je suis pas sûre d'avoir envie de passer une soirée avec ce type. Et je te l'ai dit, je fonctionne mieux en solo. Eh ! Oh ! Tu m'écoutes ? »

Lucy pointe discrètement un doigt.

« Là, il y a un gars qui n'arrête pas de te regarder.

— Qui, moi ?

— Non, le pape. Oui, toi. Tourne-toi. Il est mignon. »

Dès que je me retourne le gars plonge son regard dans son milkshake.

« Je crois que c'est le pote de Jorell.

— Celui qui danse encore mieux que Jorell d'après toi ?

— Ouais.

— Bon, il se retourne encore. Va lui parler.

— Pourquoi ?

— Pour voir. Ça t'aidera à prendre une décision. »

Je me lève. J'ai pas envie.

Devant Brad. Enfin je crois qu'il s'appelle comme ça.

« Yo. Ça va ? »

Il lève la tête. Rouge comme du ketchup.

« Ah, oui, oui.

— c'est Brad, non ?

— Oui. »

La conversation du type. Pas plus de deux mots. Mais comme il faut que je me décide pour jeudi j'insiste.

« Tu danses hyper bien, tu sais ?

— Ah, merci. »

Il fixe son milkshake comme s'il pouvait disparaître. Et moi je suis plantée façon asperge à attendre. « Bon…

— Tu viendras jeudi ? »

Silence.

« Heu… Je sais pas trop. Je suis pas sûre que Jorell ait vraiment envie.

— Viens. Jorell est cool, faut juste apprendre à le connaître. Promis. »

Il m'intrigue. Brad a l'air d'un gars hyper posé et discret. Tout le contraire de Jorell. En tout cas du Jorell que je connais de l'école. Est-ce qu'il pourrait être autre chose ? Est-ce que je pourrais me tromper, comme je l'ai fait avec Harvey ? Bon j'en doute. Mais comme j'ai pas d'autre plan pour danser, c'est décidé. Juste une fois.

« Ok. Je viendrai. » Il sourit. Non, je crois bien qu'il rougit. « Faut que je retourne voir my best. À jeudi, Brad. »

Quand j'arrive à la table, Lucy bat des mains. La pom-pom girl est de retour.

« Alors, raconte, raconte ! Tu y retournes ? Je suis sûre que tu y retournes jeudi. Oh, Jay va danser avec Jorell ! Et il est trop mignon, lui. Comment c'est son nom ?

— Je peux en placer une ? Alors pour te répondre dans l'ordre. Oui, je m'en fiche et Brad. »

Quand j'arrive au spot jeudi soir, j'aperçois Brad. Il me fait un petit signe de la main puis la tend à Jorell qui lui file un billet. Pas tout compris, là. Mais bon.

Allez, courage. Inspiration. On entre dans l'arène.

Brad met de la musique. On s'échauffe. Puis Brad commence. C'est une araignée. Il lui suffit d'ouvrir ses bras et c'est comme s'il touchait les murs, le plafond. Il est en apesanteur, sur son fil. Un backflip au ralenti. Pas de bruit quand ses pieds touchent le sol, et sur un bras à l'horizontale, il reste là, posé, calme.

C'est mon tour. Un toprock pour commencer, histoire de me mettre dans le bain. Et un et deux. Les yeux noirs de Jorell. Pirouette et trois et quatre. Son regard fixe. Et vague à droite et vague à gauche. Et cinq et

« Pourquoi tu t'arrêtes ? demande Brad.

— Sais pas, je dis en fixant Jorell.

— Eh, c'est quoi le blème ?

— Rien, mec, t'as qu'à lui demander.

— À moi ?

— Mec, pourquoi t'es venue ? J'ai pas l'impression que t'aies envie de traîner avec moi.

— C'est pas vrai.

— Alors, c'était quoi l'attitude au collège ? »

Shoot, le collège. Heu. Faut trouver quelque chose à dire. Vite. Mon cœur vibrait trop en arrivant. Et c'est une première pour moi, cette envie de partager un truc avec les autres. Faut pas que je foire ça avant que ça ait commencé. Vite. Dire quelque chose.

« Bon, excuse-moi. C'est juste que, t'avais l'air…

— D'un show off, termine Brad. Ouais, il a l'air comme ça, mais c'est un cœur d'artichaut. »

Et il serre Jorell contre lui.

« Lâche-moi, mec. »

Ils rigolent, je le vois bien. Ces deux-là c'est des potes, des vrais. Je les laisse faire leur truc de mecs, se pousser, se donner des petits coups de poings sur l'épaule, genre kangourous qui se battent. Et quand ça s'arrête, Jorell me fixe.

« C'est ça que tu penses de moi ? »

Chaleur sur les joues. Malaise total.

« Je… je ne sais pas. C'est juste que tu te balades là, avec ta cour…

— Qui ? Kendra et Keisha ? tu juges trop vite, Jay.

Elles sont copines, et Kendra, c'est la sœur d'Anton. Rien à voir avec moi. »

J'aimerais bien lui dire que sa gueule d'ange et ses yeux bleus n'y sont probablement pas pour rien non plus. Mais c'est pas le moment. Après tout, il ne me connaît pas. Et là, il peut très bien me dire de me barrer s'il veut.

Silence.

Heureusement, Brad s'en mêle. « Bon, on discute, ou on danse ?

— On danse, mec, on danse. »

Je bois un coup, histoire de faire détendue. Faut que je me déstresse.

Jorell est dans l'arène. Il pivote, il tourne, et en haut et en bas. Ses mains dessinent une fresque invisible dans l'espace. Un saut, et hop il atterrit sur ses mains. Le plafond est devenu son sol.

Faut que j'essaie ce move. Que je lui montre que j'ai ma place, que je sais danser et faire des acrobaties comme une b-girl digne de ce nom.

À mon tour. Et un et deux, pivot à droite. Et trois petit saut et quatre équilibre sur les mains. Paf. Atterrissage sur le nez. Douleur instantanée. Je me relève. Ça coule rouge.

Je tiens ma main sous mon nez. Le commentaire qui tue va arriver, c'est sûr. Mais non, Brad arrive avec un mouchoir.

« Ça va, Jay ? » me fait Jorell. C'est pas le nez qui fait le plus mal. C'est mon ego. Juste trop la honte. « No shame, Jay. Tu as juste besoin d'y croire. C'est dans la tête, mec, dans la tête. »

Ouais, le coup du mentaliste j'accroche pas trop.

« Il a raison, dit Brad. Regarde. »

Et ils repartent, tous les deux, cette fois. Et un et deux, pivot à gauche. Et trois petit saut et hop en apesanteur, les mains posées sur le sol, les pieds tendus vers le plafond. Quand ils remettent les pieds sur terre, ils font un check puis me regardent.

« Allez, viens.

— Suis-nous et crois en toi, mec. » Et c'est reparti. Moi au milieu, les mecs qui m'entourent. Et un et deux et trois, petit saut et mes mains touchent le sol. Paf je lâche. « Pas grave, mec, on recommence. Tu vas y arriver. Tu dois juste y croire et repousser le sol. »

Et un et deux, et trois, petit saut et mes mains touchent le sol. J'y crois, cette fois j'y crois. Cette fois j'y crois de toutes mes forces. Le plafond c'est le sol. J'étire mes jambes, je pousse vers le haut. Et je tiens. Je tiens !

Redescente sur terre. Un peu plus légère. La main de Jorell pour un check. J'ai le sourire. Le vrai, celui qui remonte jusqu'aux yeux. Tant pis pour la cool attitude, je fais des petits sauts sur place.

« J'ai fait un handstand ! »

Les mecs se marrent. On part en free style. Et que je remue les bras, les jambes et tout le reste. C'est trop top. Quand on s'arrête, on est épuisés mais heureux. Il s'est passé quelque chose. Avec eux, en moi. Comme si j'avais passé un test et que maintenant je faisais partie du groupe. Comme si mon habitude d'être en solo avait été broyée sous le handstand. Un groupe. C'est dingue. J'adore. Ça y est, je l'ai dit. Je veux pas que ça s'arrête. Je regarde Jorell.

« Excuse-moi pour mon attitude. »

Hyper sincère. Sans rigoler. Faut qu'il me croie et que je reste.

« Pas grave, Jay. On est cool maintenant.

— Ouais. »

On est cool. Sauf qu'il est 22 heures et que j'ai dit à ma mère que je bossais chez Lucy. Il va falloir que je rentre vite fait si je veux pas griller ma couverture.

CHAPITRE 8

Les semaines passent. Doucement la pluie s'installe quotidiennement. L'école, no comment. Ma journée, ma vie c'est les chocolats chauds avec Lucy et nos discussions sans fin. C'est le caf avec Harvey et ses chemises hawaïennes et surtout c'est le jeudi soir, où je retrouve mes potes. Où on danse, on rigole.

Après la répet de ce soir, j'ai le temps. Pour une fois. Ma mère bosse de nuit, je suis tranquille. Je propose d'aller boire un coup. Le jeudi tous les magasins restent ouverts tard. Du coup on s'installe dans notre bar à chocolats chauds. Parce que, oui, c'est notre bar, avec notre table dans le coin à gauche. Le proprio qui dit qu'on est des petits vieux avec nos habitudes. Je lui tire la langue à chaque fois qu'il a le dos tourné.

D'habitude, c'est Jorell qui fait la conversation, parce que même s'il dit le contraire, c'est un showman. Il peut pas s'en empêcher. Mais c'est juste pour mettre de l'ambiance. Rien de plus. Sauf que ce soir, c'est moi qui pose les questions. Jorell qui répond. Brad qui est Brad et dit rien.

« Ça fait longtemps que vous vous connaissez ?

— Depuis toujours, lady. On était voisins. J'ai dû déménager il y a un an. Mais Brad, c'est mon meilleur pote. » Je le sais. À les regarder partir dans les mêmes délires sur un regard, c'est clair. « Et toi, ça fait pas longtemps que tu es dans le coin, non ?

— On a emménagé à la fin de l'été. Je déteste les déménagements. Il y a toujours des trucs qui se cassent.

— Ouais, mec. C'est naze. Et t'as cassé quoi ?

— Ma boîte à musique.

Shoot. Qu'est-ce que je viens de dire ? C'est tellement pas cool. Genre qui a encore une boîte à musique à 15 ans ?

Heureusement Jorell sourit. « Les souvenirs, mec. C'est dur de perdre ça. »

Je souris. Plus par soulagement.

« Sinon, mec, pourquoi vous êtes venu à Manchester ?

— Une idée de ma mère. Et c'est à cause d'elle que je dois filer vite fait le soir après les répets.

— Ah bon, elle est pas cool ?

— ça non. Pour elle je devrais juste bosser, bosser et la danse c'est un truc à éviter.

— Ma mère, mec, elle est cool. Elle me fait confiance. Je dois juste faire hyper gaffe quand je traverse. »

Je rigole. Pas eux. Y a un truc. Et c'est Brad qui m'explique.

« Le papa de Jorell a été renversé par une moto. Il est mort et c'est pour ça qu'ils ont déménagé dans l'appart de son oncle. »

La honte me chauffe le visage. Et moi qui pensais que ma vie était difficile. Je bredouille un truc nul.

« C'est cool, Jay, tu pouvais pas savoir. Et j'ai de la chance d'avoir encore ma mère. »

Je souris. La positive attitude de Jorell. Je sais pas comment il fait. « Et toi, Brad ?

— Quoi ? Oh...

— Ils sont cool tes parents ?

— Cool. Je dirais pas ça. » Il plonge son regard dans son verre.

— Mec, il va changer ton père, t'en fais pas. Tu vas

lui prouver, Tu vas gagner une compète ou un autre truc et il pourra plus rien dire.»

Je comprends pas, encore. « C'est quoi l'histoire ? »

Brad hausse les épaules et murmure « Mon père n'aime pas que je danse. Il trouve que c'est un truc de losers. »

Là, je suis choquée. « Mais c'est dégueulasse de dire ça. On peut pas »

On dirait ma mère mais en pire. Ça doit être l'humidité ambiante qui rend les parents aussi débiles.

« Mec, je t'ai dit faut pas lâcher. Ton père dit ça parce qu'il a peur. Il va se calmer.

— Ouais. Allez, sinon le vrai problème c'est ma p'tite sœur. » Clairement Brad veut juste changer de sujet et pas parler de ses parents. Je peux comprendre. « Elle n'arrête pas de me piquer mon iPod.

— Une vraie tragédie, mec. »

Et c'est reparti pour le combat de kangourous. On rigole. On discute. De tout de rien et on finit par arriver au sujet filles-garçons. Là Jorell me fixe en tapotant ses doigts sur la table.

« Bon, mec, tu poses des questions, mais tu ne réponds pas trop. Alors. Jay. T'as un p'tit copain ?

— Non.

— Ah bon. T'aimes pas les garçons ?

— Quoi ? Heu, si, si. C'est juste, que, bon, voilà.

— Jay qui a réponse à tout, là, tu coinces, mec.

— Non, mais, ça va. C'est personnel. En tout cas, je suis pas comme toi, à collectionner les trophées.

— Bim » fait Brad.

Jorell rigole en se frottant le torse. « C'est pas ma faute si elles sont toutes amoureuses de mon corps.

— Trop humble, mon pote.

— Ta bouche, le blondinet.

— Ok, les mecs, on change de sujet. »

Jorell fait non de la tête et du l'index. « pas si vite, mec.

— Mais y a rien à dire, j'aime personne. »

Brad me regarde. Je souris.

« T'as tort, lady. C'est trop bon. »

Brad se prend la tête dans les mains. « Pitié, pas le discours des patins. »

Je rigole. Il est drôle Brad. Discret mais drôle. « C'est quoi, ce truc ? »

Brad s'effondre sur la table, la tête sur ses bras. « Juré, t'as pas envie de savoir.

— C'est pas un discours, mec, c'est l'explication du secret d'une pelle réussie.

— Suis pas sûre d'avoir envie d'entendre la suite.

— T'as raison, marmonne Brad.

— Tant pis, mec. Je vais mourir avec mon secret. »

Jorell se drape de son écharpe autour du cou d'un geste large, comme un acteur hyper dramatique.

Rigolade.

« N'empêche que vous non plus, vous n'avez pas répondu à la question. » Je pose ma main sur celle de Brad. Histoire de le taquiner un peu. « Brad ? Alors ? T'es avec quelqu'un ? »

Il rougit.

« Laisse mon pote tranquille. C'est un romantique, un vrai. » Jorell l'attrape par les épaules.

« Lâche-moi. »

Re-bataille de kangourous. Les mecs, des fois.

On discute encore un peu. Puis on prend le bus pour rentrer. Normalement, Brad descend un arrêt avant nous, mais ce soir il va me raccompagner. C'est vrai qu'il est un peu plus tard que d'habitude.

Au coin de la rue, Jorell tourne à droite, nous on continue.

Brad, comme d'hab, a ses écouteurs sur les oreilles.

Mais on peut quand même discuter.

« Au fait, pourquoi t'es pas dans le même collège que nous ?

— Je suis dans le privé. Histoire que je bosse. » Il hausse les épaules, un sourire un peu triste sur les lèvres.

« T'écoutes quoi ? »

Il me tend un écouteur. On marche un peu, mais c'est pas pratique. On s'arrête pour écouter. Face à face. La musique est douce.

Ses yeux rêveurs me regardent.

On bouge pas. Et là,

Il se penche pour m'embrasser. Je recule. Pas que j'aie peur. Non. Juste pas Brad. Pas mon pote. Je peux pas. Interrogation dans ses yeux.

Il récupère ses écouteurs. « Excuse-moi, je suis désolé.

— Non, Brad, c'est moi. »

Plus un mot jusqu'à ma maison. Arrivée devant ma porte. Même pas le temps de lui dire merci, que je suis désolée, rien. Il est déjà reparti. J'ai foiré. Shoot. Qu'est-ce que j'ai fait ?

CHAPITRE 9

Le lendemain matin, j'arrive à l'école avec la tête dans les épaules et des valises sous les yeux. Faut pas me chercher aujourd'hui.

Comme ma mère me confisque mon portable la nuit, j'ai pas pu discuter avec Lucy. Et là, elle répond pas. Et cherry on the cake, ce sont les bulldogs que j'aperçois en premier.

Elles se plantent devant moi. « Alors, il paraît que tu danses. Tu te la pètes la migrante ? » C'est vraiment pas le moment. Je ne m'arrête pas. « T'es pas assez bien pour lui, no life. »

Elles hurlent dans mon dos d'autres trucs du même genre que j'écoute même pas. J'ai pas le temps pour ça. Non, là le truc vital, c'est de récupérer le numéro de Brad.

J'aperçois Jorell.

« Hey, Jorell. » Petit check. « Tu peux me passer le portable de Brad ?

— Pourquoi ?

— C'est juste qu'on a écouté un morceau trop carré hier en rentrant et je voudrais connaître le titre. » Des fois je m'épate. La rapidité avec laquelle j'ai trouvé ce mytho. Je n'ai pas envie de parler de ce qui s'est passé avec Brad, parce que je sais que j'ai foiré, et que si ça se trouve Brad ne voudra plus de moi dans le groupe. Et comme Jorell est son meilleur pote, il prendra forcément son parti, et donc je ne pourrai plus danser avec eux, et c'est juste horrible de penser à ça, et là, va falloir que je me calme direct. Je respire un bon coup. Je souris.

Pendant qu'il me file le numéro, les deux bulldogs se dandinent tant qu'elles peuvent pour arriver le plus vite possible. « Respirez. Il n'est pas en train de me filer son portable.

— Ah, non. Je le donne à personne, mec. Ma vie privée est trop importante. » Et il se tapote le cœur avec la main.

Quel show off, quand même. Ça me fait rire. Maintenant. Les poufs, elles, qui n'ont aucun second degré, manquent de tomber dans les pommes.

« De toute façon, j'en voudrais pas. » K.O. des pitbulls. « À plus. »

Je laisse Jorell gérer les émotions de ses groupies. Je file à mon cours de maths.

C'est une race internationale, les profs. Dans tous les pays ils se ressemblent. Le prof sadique et nul j'en ai connu en France et il y en a aussi ici. À croire qu'ils doivent faire des

séminaires pour se filer des trucs de comment pourrir la vie des élèves.

Mr Price est le top dans son genre. Petit, un âge indéfinissable si ce n'est sa calvitie qu'il cache avec un bout de mèche toujours grasse, et un ventre en forme de bouchon de soda.

J'arrive la dernière au moment où la cloche sonne

« Miss Frey, vos camarades s'inquiétaient et nous nous demandions comment nous allions faire sans vous. Mais nous voilà rassurés. »

Un vrai naze je vous l'ai dit. Je m'assois au fond de la classe à côté de la fenêtre restée ouverte toute la nuit, histoire d'essayer de faire partir l'odeur de vieille transpiration. Mr Price se retourne vers le tableau et commence à écrire des trucs avec des chiffres et des égalités partout.

Moi, j'ai mieux à faire. Je prends discretos mon portable. Faut que je trouve un truc cool à dire. « Hey, ça va », c'est pas mal. Ça montre que je m'intéresse, mais pas que je suis désespérée. Hop. Envoyé.

Et là, panique. J'ai pas dit que c'était moi. Il n'a pas mon numéro. Il ne peut pas savoir que c'était moi. Non, non, non. J'ai pas fait ça. Si. Je l'ai fait. Donc, là, il me reste une chose à faire. Le truc le plus nul et surtout le moins cool de la terre, réécrire un message. Avec mon nom cette fois. Le seum définitif.

Je retape mon premier message. Avec mon nom à la fin. Maintenant il n'y a plus qu'à attendre.

Le portable posé sur mon sac, je fais genre que je m'intéresse au cours. J'ai la tête en direction du tableau. C'est déjà pas mal.

Au bout de quelques minutes, mon portable vibre. Je me baisse, l'air de rien.

« Vous cherchez quelque chose dans votre sac, Miss Frey ? » Non. Faut pas qu'il s'avance vers moi. Raté. Il s'avance. Tentative d'enfouissement du portable dans mon sac avec le pied. Échec. Mr Price. Devant moi. Qui se penche et regarde mon sac. « Mais que vois-je ? Un portable nonchalamment posé sur le sac. Que dit le règlement à propos des portables, Miss Frey ?

— Qu'on ne doit pas les utiliser en classe.

— Et ?

— Et qu'ils doivent être rangés au fond du sac.

— C'est cela. Mais probablement que vous aviez une urgence pour enfreindre deux points du règlement. Dans ce cas-là, je pourrais comprendre. Voyons voir. » Il s'empare de mon portable. Il n'a pas le droit. C'est un truc privé. Mais je dis rien. « Ah, vous avez un nouveau message. » Pourquoi j'ai pas mis un code. Mr Price sourit. Il regarde toute la classe. Humilier quelqu'un c'est tellement plus drôle quand on a un public. Et là, Mr Price a trente élèves prêts à se marrer. « Je lis. « Yes. Au top. » Ricanements diffus. « Votre correspondant est plutôt laconique, Miss Frey. Mais peut-être est-ce un message codé de la plus haute importance pour la nation ? » Il déraille complètement, mais ça plaît à la classe. Alors il continue. « Êtes-vous une espionne internationale, Miss Frey ? » Hilarité générale. « Réveillez-vous, Miss Frey. Vous n'êtes pas dans vos rêves de petite fille. La réalité, c'est ici. » Il frappe ma table du poing. Silence, d'un coup. « Pour vous apprendre, je confisque votre appareil. Vous viendrez le chercher avec un de vos parents. »

Onde de choc dans la classe. Tous ceux qui avaient leurs portables sur leurs genoux le rentrent vite fait dans leurs sacs. J'ai les dents serrées et le cœur à deux cents à l'heure. C'est pas juste. Je peux rien dire. Mais c'est pas juste.

À midi j'aperçois Lucy dans la cour. Je fonce vers elle.

« T'étais où ?

— J'avais une interview pour mon école d'art. » J'essaie de m'intéresser. Genre je lui pose deux trois questions vite fait, mais j'ai juste envie de lui raconter mon désastre de la nuit. Alors au bout de trois minutes j'y tiens plus et je lui déballe tout. La soirée avec les gars, Brad, et Mr Price ce matin. « Oh, Jay, sérieux. La nuit, les écouteurs. Forcément qu'il a cru que t'étais intéressée. » J'y crois pas. Lucy se met du côté de Brad. Elle est censée être mon amie. « Je te dis ce que je pense. Là, t'as pas assuré. »

Lucy en fait, c'est le genre de copine qui ne te dira pas ce que tu as envie d'entendre mais ce que tu dois entendre. Grosse différence. Pas toujours facile à encaisser.

Silence. Gros soupir. Elle a raison.

« Ok ? Mais, là je fais quoi ? Il a rien dit à Jorell, je crois, mais c'est la cata. Il va plus vouloir de moi dans le groupe parce que j'ai pas été cool. Et Jorell va se mettre de son côté forcément, vu qu'ils sont potes depuis toujours. Et moi, je vais me retrouver comme une niouk. Et…

— Oh, oh, oh, on arrête la tragédie de l'acte V, là. D'abord, tu n'es pas dans la tête de Brad, alors tu ne peux pas savoir s'il veut que tu quittes le groupe.

— Mais c'est sûr qu'il voudra plus me voir.

— T'en sais rien. Donc là, tu le textotes pour t'expliquer.

— Sauf que j'ai plus de portable.

— Alors tu vas faire ça old school. En face à face. »

CHAPITRE 10

A la fin des cours, je marche lentement vers chez moi. Comment je vais expliquer à ma mère, le truc du portable ?

Jorell me rattrape.

« Alors ? T'as eu Brad ? »

Il a un petit sourire en coin. Il sait quelque chose, c'est sûr.

« Il a répondu à mon message, mais Mr Price a, comment dire, coupé court à notre discussion. »

Petit résumé de l'épisode Mr Price.

« Nooon. L'enfoiré. Il peut pas faire ça. Ton portable, c'est ta connexion au monde. Il n'a pas le droit de faire ça, mec. »

Je souris. Si Lucy voyait Jorell. Pour le côté drame de l'acte V, je suis petite joueuse à côté de lui. Mais ça fait du bien d'avoir quelqu'un de mon côté.

« Et le pire, c'est que ma mère va devoir venir le récupérer. Et ça, c'est la cata.

— T'as qu'à lui dire la vérité, Jay. Elle comprendra.

— Je doute grave.

— Tu veux que j'aille lui parler ? »

Il a l'air vraiment embêté que je n'aie plus mon portable.

« Non, c'est gentil. Je vais trouver une solution. J'en trouve toujours une. »

Sauf qu'arrivée chez moi, je ne suis plus si confiante.

J'entends des bruits dans la cuisine. Je me sens comme quelqu'un qu'on va jeter dans l'arène sans bouclier et en maillot de bain.

« C'est toi, Jennifer ? » Comme si ça pouvait être quelqu'un d'autre. Je range mon manteau sur le crochet de l'entrée pour une fois, histoire de pas énerver ma mère inutilement. Elle arrive, une tasse de thé entre les mains. « Tu as passé une bonne journée ? » Silence. Elle me regarde. « Jennifer, ça va ? » Re-silence. Elle pâlit. « Parle-moi. Il s'est passé quelque chose. On t'a fait du mal ?

— C'est à l'école. »

Toute petite voix, histoire qu'elle s'inquiète bien. Je sais c'est pas honnête, mais on fait comme on peut.

« Dis-moi. Viens. On va parler. »

On s'installe sur le canapé du salon. Ma mère dépose sa tasse sur la table basse et pose sa main sur les miennes. Elle est inquiète. Faut que j'en profite.

« C'est Mr Price. » Tête baissée, épaules rentrées. Attitude de chien battu. Ben quoi, ça se tente.

« Un prof ? Qu'est-ce qu'il t'a fait ? » Silence. Oui, je sais, j'en rajoute. « Jennifer, tu peux tout me dire.

— Il m'a confisqué mon portable. »

Respiration de ma mère. Silence. Mon plan fonctionne. Je crois.

« Ton portable ? Comment ça, ton portable ? »

J'avais oublié la capacité de récupération de ma mère.

« Et il s'est fichu de moi, à cause d'un texto.

— Tu envoies des textos pendant les cours ?

— Mais c'est pas ça le truc.

— Si, si, c'est tout à fait ça, le truc. Tu te permets de ne pas respecter les règles de l'école.

— Mais je devais envoyer ce texto. C'était super important.

— Quelqu'un allait mourir ?

— Non, bien sûr. Mais c'était important.

— Arrête de répéter ça. Ça suffit. Franchement, Jennifer, tu fais n'importe quoi. Il va falloir te ressaisir. Là, tu n'auras qu'à aller t'excuser auprès de ton professeur.

— C'est ça le problème. Il l'a confisqué pour de bon et c'est toi qui dois venir le chercher.

— Moi ? Mais je n'ai pas le temps. Entre mes horaires de folie, la maison, les courses. Les relances à ton père pour qu'il paie ce qu'il me doit. Je n'ai pas une minute.

— T'as pas un jour de congé cette semaine ?

— Bien sûr. Je vais prendre sur mon jour de repos pour aller récupérer ton portable.

— Ça prendra cinq minutes. » Je remue sur le canap. Elle comprend rien. Je le savais. Alors je joue ma dernière carte. « Et j'en ai besoin pour t'appeler, toi, en cas d'urgence.

— Tu rigoles ? Tu ne m'as jamais envoyé un seul message. Alors, non. Je n'irai pas chercher ton portable cette semaine. Tu attendras que ton professeur te le rende.

— Mais ça sera pas avant la fin de l'année. »

Je me suis levée en disant ça, parce que j'en peux plus.

« Eh bien, il fallait y penser avant. »

Ton sec et définitif. Ma mère ruine ma vie et elle s'en fiche.

Je monte dans ma chambre. Je claque la porte. Y en a marre qu'elle comprenne rien. Elle comprend jamais rien de toute façon. Effondrement sur mon lit. Tête dans le coussin. Mes cris étouffés. Quand je relève la tête ma mère est dans ma chambre. Évidemment.

« C'est bientôt fini tout ce cinéma ? Jennifer. Ce n'est qu'un portable. Ce n'est pas la fin du monde. »

Je pose ma tête sur le coussin, tournée de l'autre côté. Ma mère soupire. Elle s'assoit sur le bord du lit. « Tes copains tu les vois à l'école, non ? » Silence. Elle me caresse le dos ? « Tu peux m'expliquer ? Qu'est-ce qu'il y a de si important ? Tu peux me parler tu sais. » Noon. Je déteste quand ma mère essaie d'être copine avec moi. C'est pire. Silence. Trèèèèèèèès long silence. « Bon. Comme tu veux. Tu as des devoirs ? On mange dans une demi-heure. »

Elle sort laissant ma porte ouverte.

Mes devoirs. L'école. Ma mère ne pense qu'à ça. Je vais peut-être perdre le truc de ma vie et je devrais faire mes devoirs ? Non. C'est juste pas possible. Il faut que je fasse quelque chose.

« M'man. J'ai un truc à faire en géo avec Lucy. J'avais zappé. M'attends pas pour manger. Mais je serai pas tard. »

J'attends pas sa réponse et je m'enfonce dans la nuit, sous la pluie. Ben oui, ici c'est la saison de la pluie toute l'année.

J'arrive devant notre spot. Brad m'a souvent dit qu'il y venait, même seul, quand ça devient trop lourd à la maison, genre sa p'tite sœur qui le saoule ou ses parents qui lui prennent trop la tête avec ses études. Scan rapide de l'endroit. Mis à part la serveuse, il y a un couple d'amoureux, deux nanas tailleurs chics type commerciales et un mec qui me tourne le dos.

Cœur qui s'accélère. Je m'approche. Je m'arrête. Pas si facile en fait, de parler. Mais je dois le faire. Je peux le faire. Grand inspiration.

« Hey, Brad. »

Il sursaute et enlève ses écouteurs. « Qu'est-ce que tu fais là, Jay ? »

Inspiration. « Brad, pour hier soir, je suis désolée, t'es un type super, juré, c'est juste qu'il y a le groupe, que le groupe, pour moi, c'est hyper nouveau et en même temps totalement génial, alors je veux pas tout mélanger, je sais qu'on dit ça pour se débarrasser de quelqu'un et que c'est naze, mais là, c'est vrai, c'est pas toi, c'est moi. » OK. La seconde où je m'entends le dire, je sais que c'est définitivement naze. Silence. Brad, la tête baissée. « Brad, s'te plaît. T'es mon pote. Je veux pas perdre ce qu'on a. » C'est la première fois que je me livre autant. Bizarre de s'entendre dire ce qu'on ressent. Il soulève la tête. Ses yeux rêveurs sont tristes. Ça me brise le cœur. « Je suis désolée, Brad. » Shoot. J'ai pas envie de pleurer, mais ça monte. Ça monte. « Je suis vraiment désolée. »

Je suis nulle. J'ai fait du mal à un pote. Et je peux rien faire pour que ça aille mieux.

« T'en fais pas. » Il a dit ça doucement. « Je pensais, enfin, j'ai cru… Mais c'est pas grave.

— Je suis tellement désolée. » OK. Je me répète, mais je sais pas quoi dire d'autre. « T'es un pote, Brad.

— Je sais. »

Silence. Un peu gêné. Ravalement des larmes. Trituration de mes ongles en repoussant les peaux. Puis je me lance. « Et pour le groupe ?

— Quoi, le groupe ?

— Ben, je sais pas. T'es cool ?

— Sérieux, Jay, tu pensais que j'étais ce genre de gars ? »

Non. Évidemment, non. Quelle idée. Je les accumule.

« Désolée. T'es un mec bien, Brad. Vraiment. Tu vois, moi, si j'avais été à ta place, j'aurais voulu me venger.

— C'est les filles, ça. »

Pas faux.

« Tu veux un autre truc à boire ? » Vu que j'ai dit que

je bossais, je peux pas rentrer trop tôt. Je vais chercher deux chocolats chauds et je me pose. Je me détends. Brad est cool. « Au fait, je suis désolée de ne pas t'avoir répondu tout à l'heure.

— …

— Ben oui, t'as répondu à mon texto et après j'ai pas pu te répondre.

— Non, je ne crois pas. J'ai plus de portable en ce moment. Il est en réparation dans la boutique de l'oncle de Jorell.

— Mais alors, j'ai écrit à qui ?

— Qui c'est qui t'a donné mon numéro ?

— Jorell.

— Ha ! Il t'a donné le sien. Il adore faire ça. »

Voilà pourquoi Jorell était embêté tout à l'heure. Il devait se dire que c'était à cause de son texto que j'avais plus mon portable. Il a pas tort.

« Mais, c'est nul. Et ça t'énerve pas ?

— Non. Je m'en fiche. C'est juste un prank.

— Drôle d'humour, ton pote.

— Peut-être, mais c'est grâce à lui que je continue à danser. J'étais prêt à lâcher vu comme c'était compliqué à la maison, avec mon père, son chômage et tout, mais Jorell lui m'a pas lâché.

— Ah, ton père est au chômage. Mais comment ça se fait que tu sois dans une école privée alors ?

— Oh, je te rassure. Ça n'a pas duré longtemps. Il a retrouvé un boulot et un mieux. Mais ça l'a rendu dingue de ma réussite. »

C'est la première fois que Brad parle autant. Bon, c'est que trois phrases. Mais pour lui c'est énorme. Il soupire. Je vais arrêter l'interrogatoire. En fait, on peut avoir tout l'argent du monde, si les parents sont nazes, ça simplifie rien. En tout cas, ça n'a vraiment pas l'air l'éclate chez lui, pour faire dans l'understatement. Rien que le fait qu'il préfère venir au café tout seul, ça en dit long.

Petite cloche qui indique que le café ferme.

Chez moi, ma mère est dans le canapé en train de regarder son programme nature ou un truc d'enchères top naze.

« Tout va bien ? Vous avez bien travaillé ?

— Oui, oui. » Ben, oui, tout va bien. J'élude juste la deuxième question.

« Il y a une assiette dans le frigidaire pour toi. »

Mais j'ai pas faim. Juste soulagée et heureuse.

CHAPITRE 11

Ma vie défile. Jeudi danse, week-end le caf avec Harvey. Je ne parle pas du reste, ça ne compte pas. Je vis pour ces moments-là.

Et tout va bien. Je m'éclate avec les garçons. On danse, on rigole. On a même décidé de danser le samedi après-midi sur l'esplanade devant Boots the chemist, histoire de se faire des tunes pour nos chocolats chauds. Et j'ai ma bouffée de bonne humeur avec Harvey.

Sauf que ce samedi j'entre et je lance un joyeux « Hello, Harvey ! » et pas de réponse. Il y a un truc qui colle pas. Harvey est penché sur une lettre, la tête dans ses mains.

« Ça va, Harvey ?

— Non, p'tit bébé, pas vraiment. »

Ses yeux sont tristes, perdus. J'aime pas ça. « Qu'est-ce qui se passe ?

— En début de semaine, j'ai eu la visite du service d'hygiène et de sécurité. Apparemment mon établissement ne correspond pas aux normes en vigueur.

— Et alors, on s'en fiche. Tout le monde adore.

— Pas vraiment, p'tit bébé. J'ai un mois, sinon ils ferment le caf.

— Non ! Ils peuvent pas.

— Si, p'tit bébé.

— Mais c'est quoi le problème ?

— Oh, plein de petits détails, la distance entre

une prise et la plaque chauffante, la hauteur de la hotte aspirante, ce genre de trucs.

— Alors, il faut se mettre aux normes. »

Silence.

Je comprends. Harvey n'a pas l'argent.

C'est nul. Je lui mettrais bien la tête dans les frites au vinaigre, à cet inspecteur, histoire de lui remettre les idées en place. La cuisine est propre. Pas de rats, ni de cafards. Harvey cuisine hyper bien. Le reste, c'est du détail. Sauf que non. Et juste pour des distances réglementaires, ce mec va briser une vie. Des fois je comprends pas comment ça marche.

Harvey frappe un bon coup la lettre sur la table. « Mais on n'est pas encore fermé. Alors au boulot, p'tit bébé. »

Je m'y mets. Avec encore plus d'énergie que d'habitude. Il y a un monde de fou aujourd'hui. Tous ces clients. Non. Tous ces amis. Ils se connaissent tous. Ils connaissent Harvey. Ça peut pas s'arrêter. Ok. Je sais. Le truc genre je m'intéresse aux problèmes des autres, c'est pas trop moi. Je suis plus genre, chacun pour sa gueule. Mais, ça, c'était avant. J'ai plus envie d'être la nana qui se fiche de tout le monde et qui pense qu'à elle. Non. Harvey est mon ami. Et les amis, on les aide.

J'ai une idée. Le caf ne fermera pas.

À la fin du service je me plante devant Harvey. « Harvey, c'est de l'argent que tu as besoin.

— Et de beaucoup.

— Si on faisait une soirée spéciale ? On invite tous les clients et hop on récolte les tunes qu'il faut. »

Harvey a un petit sourire en coin. Il est intéressé. « Et quoi, comme soirée ?

— Je fais partie d'un groupe de hip-hop. Alors on pourrait faire une démonstration et ensuite on ferait des ateliers pour apprendre des pas. Un truc simple.

— P'tit bébé, ça c'est une idée super.

— Carré. Je vois mes potes cet aprèm, je leur en parlerai.

— Attends, attends, l'idée est super, mais le hip-hop… Mes clients sont plus calmes que ça.

— Mais c'est top le hip-hop.

— Ton truc avec les pieds ? C'est un truc de dingue, oui. Non. Il faut quelque chose de plus mélo où tout le monde puisse participer. Un bingo par exemple.

— Un quoi ?

— Ne me dis pas que vous ne connaissez pas le bingo en France. Le jeu avec des petits cartons où quelqu'un annonce les numéros et si tu as ton carton plein tu gagnes. » Harvey veut jouer au loto ? Le truc de petites vieilles. Mais bon. Apparemment, ici, c'est un truc que tout le monde aime. Des fois, faut pas chercher. « Et après, pour te faire plaisir, on pourra danser. Même comme ça si tu veux. » Et il me fait son chimi du ventre en se secouant de partout.

J'éclate de rire. « On va réussir, Harvey. »
Et j'y crois.

Les quinze jours suivants je mets tout le monde sur le coup. Lucy m'a dessiné un poster de folie. Brad les colle près de son école et je fonce avec Jorell pour placarder tous les pylônes et murs qu'on trouve sur notre chemin. Jorell a filé le tel de son oncle à Harvey pour les trucs techniques d'électricité.

Même si j'aime pas raconter ma vie à ma mère, il a bien fallu. Je me suis même résignée à lui dire qu'elle pouvait venir à la soirée. J'avais pas trop envie. Le caf c'est mon endroit. Mais, bon. De toute façon elle viendra pas. Les fêtes, c'est pas son truc.

Et samedi, soir du bingo, arrive. Harvey a mis des petites lumières de toutes les couleurs aux fenêtres. Il a même investi dans une boule disco. Plus rétro tu meurs, mais c'est drôle.

Je suis arrivée un peu en avance au cas où, mais il avait déjà tout préparé.

On se poste devant la porte. Sous sa grosse veste en fourrure, une chemise bleu électrique fait concurrence aux lumières des lampadaires.

Les minutes s'écoulent. Tortillage des doigts sous mes mitaines. Et si personne ne venait ?

On attend. Encore.

Et puis un nuage de rire nous arrive de la droite. J'aperçois Jorell. Et quinze personnes qui le suivent. Il s'arrête devant moi.

« Je t'avais dit que tu pouvais compter sur moi, Jay. »

Il est venu avec toute sa famille. Je lui ferais bien un gros smac sur la joue. Mais on est en Angleterre. Ça ne se fait pas trop. Un check suffira.

D'autres personnes arrivent. Les gars du bâtiment, lavés et peignés, avec leurs petites copines. Brad, tout seul, Lucy en robe noire à paillettes.

Au fur et à mesure, Harvey rigole de plus en plus fort. Moi avec. La soirée va être top.

Jusqu'au moment où j'aperçois une figure blonde qui marche dans notre direction. J'y crois pas. Elle est venue.

« Mais, c'est ta mère ! » hurle Harvey. C'est ça. Ma mère. Celle qui va gâcher la soirée. « Ah, Nicole. Comme c'est gentil d'être venue. »

Ma mère sourit. Pour une fois elle a lâché ses cheveux. Elle porte un jeans et un haut que je ne connais pas. Elle fait presque normale.

Lucy qui est restée à côté de moi me glisse un « Mais elle est jolie ta mère. »

Ébullition intérieure. Non, ma mère n'est pas jolie, ma mère n'est pas cool, comme Harvey semble le penser.

Elle est tout le contraire.

Elle rigole avec Harvey, puis s'approche de moi. « C'est joli toutes ces lumières.

— C'est Harvey.

— Oui, p'tit bébé, mais sans toi, rien ne se serait passé. Allez, viens, Nicole. Il fait froid. On va te trouver une place bien au chaud. »

Quand ils sont à l'intérieur, Lucy chantonne « Harvey aime Nicole.

— Ta bouche.

— Quoi ? Pourquoi pas ? Elle est célibataire. Et jolie. Même si toi tu ne peux pas le voir. Et Harvey ferait un super beau-père.

— Ok. Stop. T'arrêtes, là. J'ai pas envie de me gâcher la soirée. »

On rentre. Le caf est bondé. Jorell et Brad nous ont réservé une table. Lucy se glisse à côté de Brad. Qui devient rouge comme la banquette.

Harvey se place au milieu de la pièce.

« Merci, merci à tous d'être venus aussi nombreux. Ça me va droit au cœur. Mon caf est en danger et vous avez répondu présent, ce qui me fait penser que c'est aussi un peu votre caf. »

Hurlements, applaudissements. « Alors avant de commencer le bingo, je voudrais un tonnerre d'applaudissements pour Jay qui a tout organisé. » Le caf n'est plus qu'un gros cri de joie. Je me lève. Je salue et juste pour Harvey je fais un petit chimi avec les épaules. « Mais vous n'êtes pas venus pour m'entendre japper, alors, que le bingo commence ! »

Harvey annonce les numéros. Chacun est concentré. J'aurais jamais pensé, mais c'est cool dans un genre rétro ce jeu. Puis une main se lève.

« Nous avons un gagnant. »

Ma mère. Évidemment. Faut toujours qu'elle

se fasse remarquer d'une manière ou d'une autre. Applaudissements.

Harvey attrape ma mère par la main et lui fait la bise sur les deux joues. « Voilà. Comme en France. Et en plus tu gagnes un café gratuit chez Harvey tous les samedis. »

Je m'attends au pire. Mais, non. Ma mère sourit. Elle sourit ? Là je suis dans la mouise.

Lucy bat des mains discrètement.

« Je t'avais dit.

— C'est bon.

— Ok. Un, tu passes pas tes nerfs sur moi. Et deux, c'est leur vie, pas la tienne. »

Sauf que ma mère, elle empiète sérieusement sur ma vie justement. Bon. Faut pas que je pense à elle.

Les numéros s'enchaînent de nouveau. Ne pas y penser. Bref. Quand Harvey annonce « Et maintenant qu'on a bien réfléchi, on va danser. Poussez-moi ces tables », je suis la première debout. Faut que je bouge. Harvey va derrière et éteint les lumières, sauf le spot au-dessus de la boule disco. Oooooh fait la salle. C'est vrai que c'est top. Les tubes des années 80 envahissent le caf. C'est n'importe quoi cette musique. Mais on rigole. Du coin de l'œil je vois Harvey qui invite ma mère à danser. Elle refuse d'abord, puis se laisse convaincre. Ok. Je vais pas y penser. Là, je suis avec mes potes et je suis bien. On danse en free style. On s'imite. Lucy se débrouille pas mal. Brad lui montre des pas et elle fait ce qu'elle peut avec sa robe moulante, on rigole.

Jusqu'à ce que ma mère s'approche.

« Brad, Jorell, Lucy, ma mère.

— Bonsoir. Jennifer, il est tard, non ?

— Mais ça va. Pour une fois. On rigole.

— Oui, je sais, mais quand même. Il est déjà tard. »

Heureusement, Harvey sauve la situation. « Tard ?

Mais non. La soirée ne fait que commencer. »

Et il attrape la main de ma mère pour la faire tourner. Elle proteste à moitié mais se laisse emmener en tournoyant.

« Ah, oui, Jay, t'avais raison, elle est pas cool », me dit Lucy.

On s'est arrêtés de danser. Voilà. Comme d'hab. Une phrase et ma mère gâche tout.

Jorell aussi m'attrape la main et me fait tourner. « Allez, lady, elle fait son boulot. Te prends pas la tête pour ça. Profite. »

La boule de rage diminue au fur et à mesure des pirouettes. J'ai la tête qui tourne et le sourire qui revient.

À minuit, on décide de fermer. Il ne s'agirait pas d'avoir une amende pour tapage nocturne.

Harvey m'étouffe littéralement contre son ventre quand il me fait son gros câlin d'ours. « Merci, p'tit bébé. »

On va le sauver notre caf. C'est sûr.

CHAPITRE 12

Dans la semaine, Harvey finalise ce qu'il faut faire pour l'électricité avec l'oncle de Jorell.

Et Lucy décide de prendre en main la déco.

Quand elle me montre ses dessins, je rigole. « T'es sérieuse ? Rose et gris ? T'imagines Harvey avec ses chemises hawaïennes dans cette déco ? »

Grimace de Lucy. « Ok. Mais faut quand même moderniser l'endroit, non ?

— Tu sais quoi, on va voir ça avec Harvey. »

Quand Harvey voit les dessins, il éclate de rire comme moi. « Lucy, p'tit bébé », eh oui, elle y a droit aussi, « c'est pas le nouveau café hypster ici, c'est un truc de potes, tranquille. Donc pas de rose ni de mauve. Mais les banquettes grises, ça j'aime. »

Petit sourire de Lucy, elle n'a pas tout perdu.

Encore quinze jours à attendre que toute la partie technique soit faite et enfin ma décoratrice d'intérieure préférée peut entrer en jeu.

Le jour des travaux, pour nous, arrive. J'ai mis mon plus vieux survêt, vu qu'on va peindre et forcément s'en mettre partout. Lucy, elle, débarque en mini jupe en jeans.

« On fait de la peinture, je te signale, pas un défilé.

— Alors, d'une, cette jupe est vieille. Et deux, avec des tâches ça lui donnera un air destroy. Au fait, il vient Brad ?

— Oui, avec Jorell.

— Cool. »

Petits battements des mains en mode pom-pom girl.

Quand les gars arrivent, Lucy partage les équipes. « Jay et Jorell vous allez faire ce mur. Et Brad et moi on commence par là. »

Brad ne dit pas un mot. Même si j'ai bien l'impression qu'il est content de se retrouver avec Lucy.

Je branche le radio-cd que Brad a apporté. Et hop, avec de la musique, on se met au boulot. À 13 heures, on a fini la première couche. Faut dire que le caf n'est pas si grand que ça.

« Super boulot, les jeunes », dit Harvey. Il pose sur le comptoir des sandwichs et des paquets de chips.

On s'assoit par terre. On discute. On rigole. Mais je remarque bien que Lucy se rapproche de Brad.

« Lucy, tu viens avec moi aux toilettes ? » Grimace de my best. Elle a compris. Une fois seules, je pose les choses direct. « Tu fais quoi, là, avec Brad ?

— Quoi, tu veux sortir avec lui maintenant ?

— Non, mais t'es ma copine, et je fais partie d'un groupe avec lui.

— Et alors, où est le problème ?

— Le problème, c'est que si ça marche pas entre vous, ça va être compliqué pour moi.

— Pourquoi tu ramènes toujours tout à toi ? Et pourquoi tu vois toujours tout en noir ?

— Mais, non je fais pas ça.

— Si. Alors, tu me lâches, Brad me plaît. »

Elle se barre des toilettes. Je la suivrais bien, mais j'ai pas envie de faire une scène. Alors je sors, comme si. Les joues en feu.

Brad est en train de montrer un petit pas de danse à Lucy. Il n'arrête pas de parler. Je l'ai jamais vu comme ça.

Ça me saoule. Inspiration.

On se remet au boulot. À 18 heures la cuisine est faite. Il restera juste la deuxième couche dimanche.

Le mardi, le type de l'inspection de l'hygiène doit repasser. Assises sur un banc emmitouflées dans une écharpe et des gants, avec Lucy, on attend des news. À 16 heures toujours rien.

« Lucy, faut appeler.

— Qu'est-ce qu'il a dit, Harvey ?

— Qu'il appellerait.

— Alors on attend. »

Elle me saoule, Lucy, quand elle est raisonnable.

Le téléphone sonne. Lucy me l'arrache des mains. Bon c'est son téléphone, ben oui, j'ai toujours pas récupéré le mien, mais quand même.

« C'est Lucy… oui… Oui… OK. Merci. Salut, Harvey. » Cœur qui bat à deux cents à l'heure. Lucy est pâle ou alors c'est son fond de teint. Je sais plus. Elle me regarde. Visage fermé. « Je suis désolée, Jay. » Non. C'est pas possible. J'arrive même pas à parler. « Je suis désolée, répète Lucy, pour le gars de l'inspection qui a dû bouffer son papier de fermeture. »

80 secondes pour que tous ces mots arrivent à mon cerveau.

« Non ! T'es naze. Tu m'as fait flipper.

— Je sais, mais j'avais trop envie de faire comme ils font dans les shows à la télé. J'ai pas pu résister. »

J'ai même pas envie d'être fâchée. Trop contente pour ça. Alors je danse en criant : « Le caf ne ferme pas, le caf ne ferme pas. » Et rien à faire des passants qui me prennent pour une folle.

Le samedi, le cœur battant, j'arrive au caf. La peinture et l'eau de Javel titillent mes narines. Photos sur le mur blanc comme neige, banquettes grises brillantes, sans trou. Le caf s'est refait une beauté, mais il n'a pas perdu son âme. La preuve, Harvey et sa chemise jaune canari.

Moi, je reprends mes habitudes. Avec juste un peu plus d'énergie. Même le nettoyage des bouchons de ketchup, qui, en passant, est le truc le plus dégueu de la terre à faire.

Les clients et les amis sont au rendez-vous. J'attends 13 heures avec impatience. Parce que j'ai, enfin, non, nous avons une surprise pour Harvey. Sauf qu'à 13 heures, qui est-ce qui débarque ? Ma mère. Elle peut pas me lâcher ?

Harvey, lui, n'est plus qu'un grand sourire. « Nicole, tu es venue. Je vais te faire faire le tour du propriétaire. »

Il l'emmène dans la cuisine. Là, Lucy a définitivement raison. Il se passe un truc entre Harvey et ma mère. Je déteste quand Lucy a raison.

La clochette d'entrée sonne de nouveau. La surprise.

« Harvey ! il y a un paquet pour toi. »

Le paquet, c'est un énorme gâteau que Lucy et moi on a fait. Jorell et Brad l'accompagnent. Tonnerre d'applaudissements. Jorell lance un « Et pour Harvey, hip, hip, hip… »

Et le plus méga hourra de la terre résonne dans le caf. On enchaîne avec un « He's a jolly good fellow » à se casser les cordes vocales.

Harvey a les yeux tout humides. Alors pour donner le change, il fait sa petite danse chimi-chimi du ventre. Il me fait trop rire. J'en oublierais presque le truc avec ma mère. On découpe le gâteau. Un régal, juste pour dire. Et mon service se termine.

Il ne reste que Lucy et ma mère dans le caf. Pas trop envie de rentrer avec ma mère.

« Chocolat chaud ? » je propose à Lucy.

« Non, désolée, je peux pas. »

Elle a les yeux fixés sur son portable. Même pas elle lève la tête pour me répondre. Ça me saoule.

« Et tu fais quoi ? »

Regard direct en face. « Je vais voir Brad. »

Vu son attitude, j'ai bien compris que j'ai rien à dire. Elle me l'a déjà fait comprendre. Mais ça change rien. Ça me saoule. Alors pour rien dire, je trifouille le flacon de Worcestershire Sauce laissé sur le comptoir.

« Écoute, je vois bien que ça te gonfle. Mais Brad est cool. Je suis cool. On s'entend. Et je vais pas te voler ta place dans le groupe. »

Pincement au cœur. Si, elle le fait et elle s'en rend pas compte. Alors je tourne les talons.

« Amuse-toi bien.

— C'est quoi ton problème ?

— Mon problème ? C'est que dès que j'ai quelque chose de bien dans ma vie, faut toujours que quelqu'un vienne pour prendre ma place. Ma mère avec Harvey. Le caf, c'était mon truc. Toi et Brad, le groupe, mon truc. » Et je fonds en larmes. Hyper over dramatique, on est d'accord, mais y a rien à faire. Ça coule tout seul.

« Tiens, me fait Lucy en me tendant un mouchoir. Jay, va falloir arrêter de vouloir tout contrôler. Les choses bougent. C'est comme ça. T'y peux rien. » Grosse boule au ventre, à la gorge et ça continue de couler. « Écoute, je sais pas pour ta mère, mais moi, je ne vais pas détruire ton monde. » Petit bip sur son portable. « Bon, on se voit lundi ? »

Je me retrouve toute seule. Avec, en musique de fond, les rires de ma mère et de Harvey.

Génial.

CHAPITRE 13

On s'est pas trop parlé, avec Lucy, les jours d'après. Alors quand jeudi est arrivé je ne savais pas trop à quoi m'attendre avec Brad.

Je suis la première à notre spot. Pour une fois. J'attends. Personne. La frustration monte, doucement, mais elle monte.

J'attends. J'attends. Dur de pas se faire des films quand on a rien de mieux à faire. Dans le mien, Brad a appelé Jorell pour lui dire qu'il est occupé ce soir et il a juste oublié de me prévenir.

Paf. On me saute sur les épaules. C'est Jorell. Avec Brad.

« Désolée, lady, je devais aider mon oncle pour un truc. Du coup, Brad m'a attendu.

— Alors, c'est… c'est pas… »

Le problème avec les films que je me fais, c'est que j'ai trop tendance à les prendre pour la réalité. Du coup, c'est pas facile de redescendre. Et là, j'ai tellement flippé que je sens que les larmes montent comme pour évacuer tout le stress. Pitié, non, pas devant Jorell.

« Ça va, lady ? Y a un problème ? Pour me faire pardonner c'est moi qui offre la tournée après. »

Enfouissement des larmes et de la colère qui allait avec parce que, oui, en fait, tout va bien.

Brad n'a toujours pas décroché un mot.

Jorell l'attrape par les épaules. « Ah, oui, et Mr Shy,

ici présent, est amoureux.

— Je sais. »

Brad me regarde, visage rouge, yeux d'un chien qui va s'en prendre une.

Alors je souris. Parce que oui, ça me fait pas plaisir. Mais vu la tête de Brad, c'est du sérieux entre eux, et qui je suis pour décider ce que my best et mon pote ont le droit de faire. Ok. C'est hyper trop raisonnable comme pensée, mais bon.

Brad rougit. Encore un peu plus.

« Bon, on danse, mec, ou on fait les mimes Marceau ? »

Brad sort d'un coup de sa rêverie. Positionnement du lecteur cd et c'est parti. Une heure de tours, de pirouettes, de contorsions et de rigolades. La vie que j'aime.

Comme promis, Jorell nous paie un coup à boire. Installés devant nos boissons, on parle de tout, de rien. Enfin, on, Jorell et moi. Brad est silencieux comme un iPod sans batterie. Et d'un coup.

« Les gars, j'ai un truc à vous dire. »

Je pâlis. Il va dire un truc horrible. C'est sûr. Je le savais. Comme quoi, il veut plus danser, qu'il veut faire une pause. Non, ça c'est pas possible. En fait j'ai aucune idée. Mais je flippe grave. Nœud dans le ventre. Je peux plus boire. Je pose ma tasse.

« Vas-y, crache le morceau, mec. »

Brad sort un papier. « On est un groupe. » Va y avoir un mais. Je serre les dents. « Alors, je me disais », inspiration, suspension, « et si on s'inscrivait pour le BOTY. »

Arrêt de ma respiration. Cerveau en mode reset. Faut que je comprenne. Groupe. Boty. Brad parle du BOTY, ou Battle of the Year, la plus grande compétition de hip-hop du monde. Et il veut qu'on y participe !

Nous.

« Mais, t'es dingue, Brad. On peut pas participer à une compétition comme ça, je sors.

— Et pourquoi pas ?

— Mais parce que, je sais pas. On n'est pas des pros. On… » Je me tourne vers Jorell pour un peu de soutien. Il sourit. Il est aussi barré que son pote. « Sérieux, les mecs…

— Et pourquoi pas ?' Continue Brad. On est un groupe. On est bons. En plus il y a des éliminations régionales à Manchester en mars.

— Mais on est que trois.

— Il n'y a pas de minimum.

— Je suis une fille.

— C'est pas un problème.

— Merci.

— Alors ?

— … »

À cours d'arguments, je suis. Je les regarde, mes potes fêlés du crâne. Petit rire qui monte. Qui monte. C'est ouf. Totalement ouf.

Regard hyper sérieux de Brad. « Bon, alors t'es partante ?

— Si je suis partante ? Vous êtes fêlés les gars. Complètement, totalement déjantés.

— Jay, si Brad dit qu'on peut le faire. Il sait de quoi il parle, mec. »

Ouais. Du BOTY. La compète de hip-hop mondiale. Inspiration. Tête qui tourne. Étoiles qui envahissent mes yeux. Cœur qui danse.

« OK. Je vous suis. »

Hurlement des mecs. Super check par-dessus la table. Puis, Brad sort un carnet. Il a déjà tout prévu.

« Donc, il nous reste quatre mois avant les éliminatoires. C'est court, mais suffisant. On va se concentrer sur des figures de groupe, des portés. T'en as déjà fait, Jay ? » Je fais non de la tête. Avant eux, je dansais toute seule. Petite boule de doute qui monte à la gorge. « Pas grave. On va bosser. »

Je la ravale vite fait. Pas le moment. Brad continue à nous expliquer tout ce qu'on va faire. La petite boule qui remonte, le ventre qui se noue. J'ai pas envie de les décevoir.

En arrivant chez moi, ma mère est là.

« Tu étais sortie ?

— Oui, j'étais chez Lucy.

— C'est bien, ma puce. J'espère que vous avez travaillé au moins un peu. »

Je fais genre celle qui ne remarque pas que ma mère a été sympa qu'elle ne m'a pas sauté à la figure. Que tout est normal comme ma mère qui chantonne en attendant que la bouilloire chauffe.

« Oui, oui. Je suis crevée. Je monte. Bonne nuit. »

Faudrait pas que cette discussion s'éternise. Je sais que je joue avec le feu. Que si ma mère apprenait que je fais partie d'un groupe de hip-hop elle péterait un câble. Et comme elle comprend rien, autant rien lui dire.

Je me couche, mais j'arrive pas à dormir. Le BOTY. C'est LA compétition de hip-hop. En France je suivais l'équipe nationale, les Vagabonds. Ils étaient top. Non. Fabuleux. Mais il y avait que des mecs. Alors j'avais intégré que c'était pas pour moi. Et là, Brad, l'air de rien, vient tout chambouler. Moi, Jay, une fille, je vais participer au BOTY. Je peux, j'ai le droit. Je me retourne une fois de plus dans mon lit. Il va falloir que je pense à autre chose si je veux réussir à m'endormir. C'est pas gagné.

CHAPITRE 14

Les feuilles des arbres sont tombées, il fait nuit à 16 heures et ma vie devient dingue. Super dingue. Entre l'école où je bosse le minimum pour pas avoir de problèmes avec ma mère, le caf et ses horaires de fou et les répets, je suis devenue la reine de l'organisation et du mytho. Bon, je suis pas fière pour le dernier truc. Mais j'ai pas le choix.

Le jeudi, c'est pas un secret, est mon jour préféré. Enfin le soir, parce que les heures de cours comptent double. C'est dingue comme, quand on s'ennuie, le temps ne passe pas. Et aujourd'hui, c'est jeudi et Mr Price, je le jure, a dû bouffer trop de pilules pour dormir. Il parle au ralenti. Ça me donne envie de hurler « mais vas-y donne-la, ta réponse ! » Mais bon. J'évite. Faudrait pas que je me prenne des heures de colle. Parce que les heures de colle c'est un truc universel apparemment. En France, en Angleterre, partout. Donc je gigote sur mon siège.

« Vous avez des problèmes d'incontinence, Mlle Frey ? »

Hilarité de la classe. Je baisse la tête. Je veux juste que l'heure tourne.

La cloche sonne. Je bondis. Mais je suis pas la plus rapide. Attroupement devant la porte. Je me retrouve derrière Anton et Keisha.

« Tu vois Jorell ce soir, bro ?

— Non, sis, il a un truc. Avec son pote. Le blondinet. »

Je souris. Regard du bull-dog.

« C'est quoi ton problème, no life ? »

Je continue à sourire. Si seulement elle savait.

Quand enfin j'arrive à m'extirper de cet endroit, je file prendre le bus pour rejoindre mes potes. Jorell est déjà là.

« Comment tu fais pour arriver toujours avant moi ?

— Je vole. »

Son sourire pétillant.

Je ne sais pas trop quoi répondre. En fait, ça fait quelque temps que je me sens un peu bête quand Jorell me sourit. Genre, je sais plus quoi dire. Ou je rigole pour rien.

Quand Brad arrive, on s'y met. On est en décembre. Il reste trois mois. Autant dire que c'est demain qu'on passe les qualifs.

Échauffements. Répet du porté. Un truc trop compliqué. Dans l'idéal je fais une pirouette sur le dos. Jorell, derrière moi, me tend la main. Je l'attrape et me repousse du sol. J'atterris sur son épaule gauche, et petit salto avant. Trop fass. Enfin, trop fass dans mes rêves. Au bout de quatre fois où je m'étale telle la crêpe sur le sol au lieu de réussir le salto j'en ai ma claque.

« Et si tu utilisais ma main pour appui ? » J'ai plus envie. C'est trop dur. « Jay, on lâche rien, lady. Allez, on recommence.

— Attends, dit Brad, on va d'abord essayer sans le porté sur l'épaule, mais de plus haut, sur l'escalier, là, pour que tu aies plus d'espace pour faire le salto. »

Bonne idée, comme ça, je m'éclaterai le nez de plus haut.

On essaie. Jorell se place sur la première marche. Je monte de deux marches. Je prends appui sur son bras et je me lance en avant. Je sens Jorell qui me repousse vers le haut. Je tourne. En l'air, je suis en l'air. Je fais un tour en l'air. J'atterris sur mes pieds. Et je bondis. De joie. De fierté, un peu.

« J'ai réussi.

— OK. Donc là, tu fais la même figure dans l'enchaînement. »

Naze. Je peux même pas célébrer ma petite réussite.

Et un et deux j'attrape le bras. Et hop sur l'épaule. Et sept et huit, je me lance en avant. La main qui me repousse. Je tourne. Encore, encore. Le sol se rapproche. Je tourne. Et stop. J'atterris sur mes pieds. Accroupie, le nez qui caresse le sol, mais sur mes pieds.

Là, Brad sourit. Enfin. Mais on ne l'arrête pas. Alors on recommence et encore et encore.

Fin de la répet, j'ai les jambes en compote.

« Tu viens boire un coup, Brad ? »

Il se frotte les pieds l'un contre l'autre. « Non, je peux pas… Je… Il y a Lucy qui m'attend.

— Ok, mate, à plus. »

Et on se retrouve, Jorell et moi. Juste moi et Jorell. Tout seuls. Mais on s'installe quand même à notre spot.

« Tu pars pour les vacances de Noël, lady ?

— Où ça ?

— Je sais pas, en France.

— Ah, non, non, non. On n'a pas l'argent. Et surtout, je crois que ma mère ne veut plus remettre les pieds dans le même pays que mon père.

— Et toi, ça ne te manque pas ? »

Je réfléchis. Et ma réponse me surprend. « Franchement, non. Au début, si, bien sûr. Mais là, avec le groupe, Lucy, j'aurais jamais eu ça en France.

— Il n'y a pas de fous en France ?

— Pas comme vous. »

Il me sourit. Je souris.

Petites bulles qui chatouillent mon estomac. Gêne qui colore mes joues.

« Alors tu seras là à Noël ?

— Oui, mais je vais bosser le jour de Noël. Au caf. Et tant mieux. Parce qu'à la maison ça va être déprimeland. Ma mère a découvert que mon père la trompait le jour de Noël. Alors même si elle dit que tout va bien et que c'est une chance pour nous, je l'entends bien pleurer le soir. » Silence. Même si en y pensant, ça fait un bout de temps que je l'ai plus entendue pleurer. « Mais je veux pas plomber l'ambiance. Ça va être chouette au caf avec Harvey. »

On discute encore. Je me sens bien avec Jorell. Brad avait raison. Il fait juste le show pour la galerie, parce qu'en vrai, il est super gentil.

Après avoir pris le bus, on marche encore un peu ensemble. Jorell a cette démarche où on a l'impression qu'il a des ressorts à la place des pieds.

« Pourquoi tu rebondis au lieu de marcher ?

— Toi, pourquoi tu mords au lieu de parler ? »

OK. Un point pour lui. Petit rire.

On s'arrête, car on ne va plus dans la même direction. Check. Je pars. Je marche. Je n'ose pas me retourner.

CHAPITRE 15

Noël arrive. Plus mon jour préféré. Merci papa.

Ma mère est partie faire une garde supplémentaire à l'hôpital. Et moi je marche en direction du caf les épaules rentrées dans ma parka en me demandant bien qui pourra venir. Il pleut. Hey, oui, encore. Il fait froid.

Mais quand j'arrive au caf, changement d'ambiance. Harvey a mis plein de petites lumières. Ça brille comme un ciel étoilé. C'est trop joli.

« Joyeux Noël, Harvey.

— Joyeux Noël, p'tit bébé. » Super câlin d'ours en prime.

Harvey a mis de la musique de Noël. Pas le truc vieux et naze. Non, des chansons top fun, type Rudolf avec son nez rouge. Je prépare le caf en sautillant. Harvey chante à tue-tête. J'avais oublié qu'on peut être heureux à Noël.

« Viens ici, p'tit bébé. Je t'ai préparé une surprise. » Je m'assois au comptoir. « Voilà. Un chocolat chaud. Un vrai. » Devant moi, une tasse de lait chaud et un pot rempli de chocolat liquide. « Ça c'est le vrai, p'tit bébé. Je tiens la recette d'un chocolatier Suisse. »

Je verse le chocolat dans le lait. Je remue. Fumée de chocolat qui me monte au nez. Les mains autour de la tasse. Le liquide chaud glisse dans ma gorge. Rahh, c'est juste trop trop trop bon.

Je mâchouille un merci.

Harvey éclate de rire. « Meilleur que les trucs industriels. »

Je hoche la tête. Je peux pas parler, j'en ai plein la bouche.

Quand j'ai fini, j'ai une moustache de chocolat sur mon sourire.

« Moi aussi, j'ai un truc pour toi.

— On avait dit pas de cadeau.

— Tiens. » Je lui tends un paquet avec une forme bizarre. Harvey ne l'ouvre pas tout de suite. Il le regarde. Je crois bien qu'il est ému. « Allez, ouvre. » Harvey déchire le papier et reste sans rien dire. « Tu m'avais dit une fois que tu avais perdu ton nounours. Alors, voilà. Celui-là vient de Hongrie. C'est mon père qui me l'avait ramené.

— Je peux pas accepter ça, p'tit bébé. Et de ton père en plus.

— Si, si. Il a une histoire, comme le caf. Il sera heureux ici. »

Harvey sourit et le place juste au-dessus de la caisse. « Voualah. » En français dans le texte.

Et hop il me fait son petit chimi-chimi pour éviter de pleurer.

On attend un peu, mais pour finir les clients arrivent.

« Joyeux Noël, fait Harvey, la dinde cuit bien ? »

Et je comprends. Ici on fête Noël le jour de Noël. Alors les gens ont mis la dinde à cuire et en attendant ils viennent prendre un café ici pour se retrouver. Moi qui pensais servir tous les sans famille du coin, j'avais tort. Bon, il y en a, mais ils ont le sourire. Et c'est ça qui compte.

Le service est tranquille. Un petit garçon lorgne sur mon calepin à chaque fois que je passe devant sa table.

« Tu veux prendre une commande ? »

Il fait oui de la tête. Alors je l'amène à la table d'à côté. Un couple de jeunes. Le petit est trop fier et s'applique pour écrire 2 œufs sur toasts. Faut dire que c'est pas facile d'écrire en l'air. Mais il finit par y arriver.

Puis Harvey commence à chanter, et tout le monde avec. À la fin du service, j'ai mal aux joues tellement j'ai souri.

« Merci pour aujourd'hui, Harvey. »

Bon je sais, c'est pas trop dans mes habitudes de dire des trucs sympas, mais on peut changer.

« De rien, p'tit bébé. Nicole ne vient pas ?

— Non. Elle bosse aujourd'hui. Elle remplace un collègue. Et c'est aussi bien. »

Incompréhension sur le visage de Harvey. Alors, j'explique. Noël. Mon père.

Le visage de Harvey se ferme. « Il y a des hommes qui n'ont rien compris. Je l'appellerai ce soir alors. »

Quand je sors la pluie se transforme en neige mouillée. J'aperçois un type au bout de la rue.

« Hey, Jorell, qu'est-ce que tu fais là ? » Il remue les premiers flocons avec ses pieds. « Tout va bien ?

— Oui, lady. Je t'attendais.

— Fallait venir au caf.

— Je voulais pas te déranger. » Et d'un coup. « Tiens. » Il me tend un paquet. Je regarde le cadeau sans bouger. Il y a plus sympa comme réaction, mais je m'y attendais tellement pas.

Je l'ouvre doucement. « Tu m'avais dit qu'elle s'était cassée dans le déménagement. » Une boîte à musique. Il s'est souvenu. Petites bulles dans l'estomac. Je fais quoi ? Je sais pas. Je… Faut dire quelque chose. « Ça va ? Ça te plaît ? »

Si ça me plaît ? J'adore. Jorell me surprend un peu plus chaque jour. Inspiration. Faut parler, là. « Merci, c'est trop cool. »

Et sans réfléchir qu'on est en Angleterre, je lui fais un bisou sur chaque joue.

Il rigole. « Ah, les Françaises. » Même si je vois bien qu'il est un peu embarrassé. Donc, là, on est deux niouks à ne pas trop savoir quoi faire. « Bon, lady, prends soin de toi, OK ? Et joyeux Noël. »

Un check. Parce qu'on est cool. Et il est parti. Moi je reste avec ma boîte dans les mains et le cœur qui bat.

CHAPITRE 16

L'école reprend. Rien à dire là-dessus.

Jorell continue de danser avec Anton dans la cour, quand il ne pleut pas trop. C'est-à-dire pas souvent. Même si ici, il faut qu'il pleuve beaucoup pour que les gens se cachent sous un porche. Faut dire que si on attendait le soleil, on ne ferait pas grand-chose dehors.

Donc, ce matin, il fait presque beau, genre dix degré ciel couvert et on est là à clapper en rythme avec Lucy au premier rang, quand tout d'un coup Jorell me tend la main. Par réflexe je tends la mienne. Jusqu'à ce que… shoot, on n'est pas en répet. Je suis à l'école. Et en jupe.

Je lui souris et fais un petit geste de refus de la main. Révérence de Jorell. Il repart de plus belle.

Tout ça n'a pas échappé à Kendra et sa copine. Quand la cloche sonne et que l'attroupement se sépare, elles arrivent vers nous. Lucy est accroupie en train de fouiller dans son sac.

« Tu crois que tu fais quoi, là ? »

Je réponds pas. La vie est trop courte.

« Oh ! fais Kendra en me poussant, on te parle.

— Ouais, mais pas moi. »

Alors, Keisha place son bras autour de mes épaules, genre meilleures cops, sauf qu'elle plante ses ongles dans mon cou. Je me dégage brutalement. Ça va dégénérer. Obligé.

« Qu'est-ce que vous faites encore là, les filles, filez

en cours. »

Je crois bien que j'ai jamais été aussi heureuse de voir Mr Price que là maintenant, tout de suite.

Les filles lui sourient mais quand il ne regarde plus, Keisha passe un doigt sur sa gorge, genre on va te faire la peau. Elles regardent vraiment trop de séries télé. Lucy leur fait un petit salut façon roi d'Angleterre qui finit en double doigt d'honneur. On en reste là. Pour l'instant.

Jeudi. La répet est intense. Difficile. On bosse sur un mouvement où on doit être parfaitement ensemble. Et c'est plus dur que ça en a l'air.

Et un et deux balancier des bras à droite. Et trois et quatre pivot sur les talons. Et cinq, accroupi et six on saute. Et sept genou à terre et huit équilibre sur un coude.

J'ai du mal. Ça me saoule. Les gars y arrivent trop bien. Brad, vu qu'il danse comme il respire, tout est facile pour lui. Bien sûr qu'il a besoin de répéter, mais c'est pas pour y arriver, c'est juste pour s'améliorer, vu que c'est déjà presque parfait. Mais ça ne l'empêche pas de bosser comme un dingue.

Jorell voit bien que je stresse. Brad, lui il est dans sa bulle. Ça n'a rien de méchant. Il est comme ça.

« Allez, on reprend. »

Je souffle.

« Hey, mec, peut-être qu'on devrait voir ce qui cloche pour Jay, au lieu de juste refaire. »

Super. Grave le seum. C'est moi qui ralentis le groupe. Les mecs se posent devant moi et me regardent. C'est reparti. Et un et deux et balancier des bras à droite, et quatre et cinq pivot sur les talons et six accroupi et… » Stop, stop, voilà où ça coince. Tu prends trop de temps avec les bras avant le pivot. Du coup tu es en décalé avec nous. »

Jorell me montre. Et un et deux, et bras et trois et

quatre, pivot.

Je réessaye. Et oui, c'était juste ça. Un temps de retard, juste un petit temps qui foirait l'ensemble. On essaye à nouveau ensemble, et là, ça fonctionne nickel.

Sauf que Brad continue à faire la tête.

« C'est quoi le blème, mec ?

— Je sais pas. Il manque un truc. Un truc jamais fait. Un truc qui claque. T'as pas une idée, Jay ? »

Incrédulité. Brad, le mec qui sait tout faire, qui trouve des mouv de folie me demande à moi? Heu, ben oui en fait. C'est peut-être nul, mais je me dis que toutes mes années à faire le petit rat de l'Opéra ça compte quand même et que j'ai bien des mouvements qu'on ne retrouve pas dans le hip-hop mais qui pourraient déchirer.

« OK. Alors c'est pas hyper académique comme truc, mais ça peut être pas mal. »

Position. Plié et j'enchaîne des tours fouettés. Genre une pirouette mais avec la jambe de libre qui fouette l'air en quart de cercle. Et une autre pirouette avec la jambe qui reste à l'horizontale.

Les mecs sont là, à me regarder. Hyper concentrés. Et d'un coup.

« Ça déchire, Jay.

— Ouais, lady, c'est trop fort. J'ai une idée. Refais pour voir. »

Et hop, je recommence. Fouetté, pirouette avec la jambe à l'horizontale. Et d'un coup, Jorell glisse sous ma jambe. Je continue mes pirouettes. Il se relève, et quand je pirouette avec ma jambe à l'horizontale, il attend le dernier moment pour se baisser. Genre, je suis la faux et il doit m'éviter.

Bon, au bout de dix tours, on arrête. J'ai plus de jambes, mais je fais quand même mon petit pas de marsupilami en sautillant partout. Quoi ? J'ai bien le droit d'être heureuse, et de me dire que oui je fais partie du groupe, et que j'y ai toute ma place.

« T'es dingue, lady.

— Ouais », je réponds en continuant à sauter.

La répet finit mieux qu'elle avait commencé.

Quand on s'installe à notre spot, les mecs complotent quelque chose. Ils sont pas franchement discrets. Les secrets, c'est pas leur truc.

« Bon, c'est quoi l'histoire ?

— Vas-y », fais Brad.

Jorell tourne et retourne sa tasse sur sa soucoupe. « Dimanche, on fait une fête chez moi, et je me demandais si tu voulais venir. » Silence. « Y aura Brad, mec, c'est juste un truc simple. » Arrêt de ma respiration, genre poisson sorti du bocal. « Alors ? Ça te dit ? »

Je me secoue. « Oui, oui, bien sûr. Je… oui, oui, c'est cool. » Et je me pince vite fait l'oreille pour ne pas rougir. Un truc chopé dans un magazine chez le dentiste. J'espère que ça marche.

Brad sourit. « Quoi ? » Il continue à sourire et regarde Jorell en tendant sa main, paume ouverte. « Sérieux, les mecs, c'est quoi votre truc ?

— Cinq pounds, il me doit cinq pounds. »

Je pige que dalle.

« On a fait un pari, lady.

— Oui, j'ai parié que tu accepterais de venir. Ça fait des jours qu'il veut t'inviter. Et j'ai gagné. »

Brad empoche les cinq pounds après un petit bisou dessus.

« Et pourquoi j'aurais refusé ?

— Parce qu'on s'entend bien ici, mais à l'école on se parle pas trop. Alors je me disais que peut-être pour toi, on est juste ensemble pour danser, et pas potes. »

Re-version du poisson hors de l'eau. Shoot. C'est vrai. Au début, c'était ça. Moi, la danse. Jorell et Brad, c'était un moyen d'y arriver. Mais plus maintenant.

Faut que je trouve un truc à dire. Vite fait. « Non… C'est… vous… »

Génial, continue comme ça, tu exprimes trop bien ce que tu ressens.

« Je veux pas te mettre sous le feu, Jay, c'est cool. On est potes ici.

— Non. » Et d'une traite, « C'est juste qu'à l'école, j'ai pas trop ma place. T'as tes chiennes de garde qui te protègent.

— Qui ça ?

— Kendra et Keisha. Tu les verrais Brad, elles sont toujours collées à lui. C'est un truc de dingue. »

Je m'attends à ce qu'il bombe le torse et sorte un truc genre, « mon corps est irrésistible » mais non. Il baisse la tête, comme gêné.

« Ouais, elles sont lourdes des fois. Mais, lady, tu sais que c'est pas ma faute. Alors tu viendras ? »

C'est dit avec tellement de sincérité que le rouge me monte aux joues direct. Même pas eu le temps de faire le truc du magazine. Tant pis.

« Oui, et y aura Brad. Ça sera cool. »

CHAPITRE 17

Ce dimanche, je me suis arrangée avec Harvey pour partir un peu plus tôt, histoire de me changer et de ne pas schmouter la graisse. Ma mère bosse. Tant mieux. J'ai dû lui expliquer quinze fois que j'allais chez un ami, mais qu'il y aurait toute sa famille, dont sa mère. Je lui ai donné l'adresse, et j'ai promis de ne pas rentrer tard. C'est fatigant d'avoir une mère comme la mienne.

Quand je sors de la douche, on sonne.

« Lucy, ça va ? Qu'est-ce que tu fais là ?

— Je viens t'aider.

— À quoi ?

— À t'habiller. Parce qu'il est hors de question que tu y ailles en jogging. » Silence. « Je le savais. J'en étais sûre. C'est juste interdit, Jay. »

La voilà qui remue dans toutes mes fringues.

« Lucy, c'est juste un déjeuner.

— Oui, oui et toute sa famille sera là.

— Non, c'est pas ce que tu crois. »

Elle me sourit. « Bien sûr. »

Elle me tend une mini jupe que je ne savais même pas que j'avais et un petit haut à manches courtes qui s'arrête au-dessus du nombril.

« Non, non, je peux pas mettre ça.

— Si. Tu seras trop jolie, Jay. T'es une fille, tu l'oublies trop souvent. T'as des jambes magnifiques, alors montre-les.

« — Mais c'est pas un rencard.

— Pas grave. Faut toujours bien s'habiller quand on sort. »

L'image des filles qui vont juste boire un coup en robe de soirée me revient. C'est vrai. Ici, les filles s'habillent pour sortir, même si c'est pas pour aller à l'Opéra. Je soupire. Les petits trucs qui changent d'un pays à l'autre. Pas facile de tout intégrer.

J'attrape les fringues. « Bon, j'essaye, mais ne me mets pas la pression. Je te répète que c'est pas un rencard. » Tout en parlant je me change. Puis je me regarde dans le miroir. Trop bizarre. C'est moi, mais version fille. Et là, Lucy me sort une paire de chaussures à talons. « Là, non. Hors de ques. No way. »

J'attrape mes baskets. Les nouvelles que j'ai achetées avec l'argent du caf. Et un sweat à capuche.

« C'est pas vrai. » Lucy se prend la tête entre les mains. Elle peut être hyper dramatique des fois my best. « Bon, j'aurai fait ce que j'aurai pu. » Petit sourire en coin, « Amuse-toi bien.

— Lâche-moi.

— Et bisous à Brad. »

Dehors, une petite pluie fine s'est mise à tomber. Même si tout le monde ici s'en fiche et marche sans parapluie ni rien, perso, je m'y suis pas encore habituée. Alors, heureusement que j'ai ma capuche.

Dix minutes plus tard, je suis devant la maison de l'oncle de Jorell. Des rires et de la musique s'échappent des fenêtres du haut. Je sonne. Rien. Je re-sonne. Rien. Ils sont sourds ou quoi ?

Pour finir, une fille penche la tête par une des fenêtres. « Jorell, ça doit être pour toi. »

Pas dans un escalier. La porte s'ouvre. Jorell. Chemise blanche. Sourire radieux. Juste canon. Il me regarde. Et fait un petit mouvement de tête appréciatif.

C'est vrai. Je suis en jupe.

« Oh… c'est Lucy… elle disait que…

— C'est parfait, Jay. Tu es trop fraîche. Ne change pas. Viens, je vais te présenter. »

On monte un petit escalier en bois qui donne sur une grande pièce genre grand studio avec cuisine, salon, salle à manger en un. Là, je suis envahie d'une joyeuse chaleur. L'oncle me fait un check de la mort. Ma main s'en souvient encore. Il y a des cousins, des tantes partout. Tout le monde rigole. À chaque personne que Jorell me présente, j'ai droit à un « cool, bienvenue ».

La pièce respire la joie et la bonne humeur.

Puis une femme tout en rondeur s'approche. « Ah, tu dois être Jay. Jorell m'a beaucoup parlé de toi. » Énorme câlin d'ours avec la petite musique des bracelets qui tintent aux poignets de la maman. « Va te servir à manger, j'ai fait du colombo.

— C'est le plat typique de chez nous aux Caraïbes, lady. » Mais sa cousine l'appelle. « Ça va aller ?

— Oui, oui, t'en fais pas. »

La foule, les fêtes c'est pas trop mon truc. Je me sens jamais trop à ma place. Genre, je sais pas quoi dire. Mais ici, c'est différent. Je me sens différente. Les gens sont sympas, détendus. Ça serait presque contagieux.

Le colombo, du poulet dans une sauce, a juste l'air d'être une tuerie. J'attrape une assiette et commence à me servir. Brad arrive. Je le vois qui fait un mini check avec un petit cousin. Puis un mini pas de danse pour être à sa hauteur. Enfin, il arrive vers moi, tout sourire. Apparemment la famille de Jorell a le même effet sur tout le monde.

« Tu les connais tous ?

— Oui, c'est un peu ma deuxième famille. »

Et là, une énorme main s'abat sur mes épaules.

« Alors c'est toi, la célèbre Jay. Jorell a dit que tu

dansais super bien, mais il a oublié de dire que tu étais super jolie. Ha, ha. Et faut pas rougir. Bon, il paraît que vous dansez les ados ? Alors il va falloir nous montrer tout ça. »

J'ai même pas le temps de goûter le colombo que l'oncle organise tout. En cinq secondes, les cousins ont repoussé le sofa et les deux fauteuils et tout le monde a formé un cercle.

Jorell sautille vers nous. « Show time.

— Mais je peux pas, je suis en jupe.

— T'en fais pas. T'auras pas à faire un handstand. Juste ton meilleur top-rock. »

Clin d'œil. Jorell. Avec lui tout est toujours simple.

On discute cinq secondes pour savoir ce qu'on fait. Et on se met en ligne. La musique commence. Boum. Un glissé à droite. Petit claps. Un glissé à gauche. Applaudissement général. On recule et Jorell enchaîne. Handstand avec les jambes qui se balancent d'un côté, de l'autre. Sifflets des mecs. Mon tour. Première pirouette, handshake, deuxième pirouette. Ça hurle dans les aigus. Quand Brad s'y met, qu'il vole au lieu de danser, qu'il tourne et tourne encore en l'air, tout le monde devient dingue. On se met tous à sauter sur place. Une énorme chenille se forme, un cousin m'attrape par la taille et me voilà emportée dans une valse autour de la pièce. On se sépare, on saute, les bras en l'air. La pièce tremble. Le son résonne. On continue de plus belle à sauter, à chanter plus fort que la musique.

Changement de style.

« Mambo », hurle l'oncle. Là je me dis que je vais m'arrêter parce que soyons claire, les danses de salon, c'est pas mon truc. Mais non. L'oncle m'attrape au vol. « Je veux danser avec la plus talentueuse. »

Hop, je mambote comme je peux. Je suis l'oncle qui danse super bien. Et là, faut que j'avoue qu'en fait c'est cool comme danse. Il me fait tourner et me lâche la main.

Je me retrouve face à Jorell.

Arrêt. Ses yeux. Son sourire. Silence. La pièce est devenue silencieuse. D'un coup. Comme ça. Il n'y a plus que lui et moi. Ses yeux. Il s'approche doucement. Il me prend la main. Apnée. Je me noie dans ses yeux. Il se penche vers moi. Un baiser. Doux. Chaud. La pièce tourne. J'ai chaud. Moi aussi je l'embrasse. Puis il me regarde. La pièce cesse de tourner, lentement. Je regarde autour de moi. Les cousins s'étaient arrêtés de danser, je ne l'avais même pas remarqué. Mais ça n'a aucune importance. Je prends l'autre main de Jorell dans la mienne. Je souris. Je ne savais pas qu'on pouvait être aussi heureuse. Bon, je dois avoir l'air totalement débile, mais je m'en fiche. C'est trop bon le bonheur.

« Tu as soif, lady ? »

Je fais oui de la tête. Je peux pas parler. Forcément. Ça demande du temps pour récupérer toutes ses facultés après un aller simple pour le ciel.

On s'approche de la table où il y a les boissons, main dans la main. Brad est en train de se servir un soda. Il sourit. Je rougis. Sauf que c'est à Jorell qu'il sourit.

« Tu me dois un p'tit billet. »

De quoi il parle ? Jorell lui fait un signe discret de la boucler. Pas assez discret.

« C'est quoi ce truc encore ? » Brad rougit. Aller-retour sur Jorell et moi. Silence. « C'est quoi ?

— Rien, Jay, rien. »

Je lui prends son verre, le pose sur la table. Et je plante mes yeux dans les siens.

Dans un soupir il lâche « On a fait un pari avec Jorell et j'ai gagné.

— Quel genre de pari ? »

Brad se tourne vers Jorell comme vers une bouée de

sauvetage. Silence. Là, j'ai plus soif. J'attends.

« Ne te fâche pas, lady, c'est rien. C'est nul.

— C'est quoi ? »

Silence embarrassé de deux gars devant moi. Ils sont à la recherche d'une cape d'invisibilité, sauf qu'ils n'en ont pas. Et moi j'attends une réponse.

Jorell me prend la main. « Promets que tu ne vas pas le prendre mal. »

Je dis rien. Et je regarde Brad.

« On a fait un pari que Jorell t'embrasserait avant la fin de la fête. »

Mon monde s'écroule. Larmes de colère qui montent. C'était pour un pari ? Je lâche la main de Jorell. La pièce se remet à tourner, et j'ai mal au cœur. Ça tangue. Tout vacille à l'intérieur de moi. C'était juste un pari. Tout ce que je croyais, du fake. Faut que je parte. Vite. Jorell me rattrape, suivi de Brad.

« Jay, non, pars pas.

— Pourquoi ? Ton pote n'a pas eu le temps de snaper le moment ? Tu veux une photo pour mettre sur ton Insta ?

— Arrête, Jay. Laisse les gens s'expliquer avant de décider du pire.

— Oui, Jay, s'te plaît, rajoute Brad, laisse une chance à Jorell. J'en peux plus des discussions où il me demande s'il pourrait te plaire. »

Je comprends plus rien. Mais plus rien du tout. C'était un pari.

« Lady, c'est vrai. Je tiens à toi. »

Ses yeux.

Jorell me prend la main. Je la retire.

« Et ce pari alors ?

— C'était nul. Ça n'a rien à voir avec toi, promis, lady.

— Tu pensais à quoi ?

— À rien.

— C'est le truc, Jay, dit Brad, on est des mecs, on pense pas. »

La colère descend d'un cran. J'ai presque envie de rigoler.

« Sérieux, les mecs, vous êtes tellement, des mecs. » Ils sourient. J'aurais pu partir. Je l'aurais fait avant. Mais là, mes potes avec leurs têtes de chiens mouillés, je les crois. Mais bon, ils vont pas s'en sortir si facilement. « C'est la dernière fois que vous faites un pari sur moi, compris ? » J'ai pris ma voix la plus dure. Pas complètement certaine d'être crédible.

Jorell s'approche de moi. « On est cool alors ? »

Il me dépose un bisou sur la joue, doux, chaud. Bref. Pas moyen de rester fâchée dans ces conditions. Alors je souris.

La fête reprend pour moi. Danse, colombo, rigolade. Jorell ne me lâche plus. Comme s'il voulait se faire pardonner. Il est le parfait gentleman. Il s'assure que j'ai à manger, il me présente encore à ses cousins, ses cousines. Et d'un coup, il est 19 heures. Faut que je rentre.

Le temps que je dise au revoir à tout le monde, il est presque 20 heures.

Jorell me raccompagne. Le parfait gentleman je vous dis. Et j'avoue que ça me plaît.

On arrive devant chez moi. Mais on ne se quitte pas, on n'y arrive pas. Petit bisou d'au revoir. Un autre. On bouge pas. Je suis trop bien. En sécurité, le monde est beau. Enfin, jusqu'à ce que ma mère débarque.

« Bonsoir. »

Soudain, le vent glacial de cette fin de soirée nous tombe dessus.

« Bonsoir, Mrs Frey.

— Mon nom est Lemaitre. Jennifer, il est tard. »

Elle ouvre la porte, genre je t'attends pour rentrer.

« J'arrive, deux secondes. »

Ma mère s'arrête sur le perron. Elle veut pas rentrer. Le seum. Heureusement elle doit avoir froid et finit par rentrer, en laissant la porte entrouverte.

« Désolée pour ma mère.

— Pas de souci, lady. On se voit demain à l'école ? »

Je souris. J'ai envie de dire je t'appelle avant. Mais non. J'ai toujours pas de portable. Va falloir remédier à ça vite fait.

Je referme la porte sur une atmosphère aussi lourde que du plomb.

« C'était qui ce garçon ?

— Jorell, un pote. C'était chez son oncle qu'il y avait une fête.

— Un pote, oui. Et tu rentres tard, non ? Tu ne m'avais pas dit 18 heures grand max pour faire tes devoirs ?

— C'est bon, j'y vais. Mais franchement t'as pas été cool.

— Je n'ai pas à être cool. Je te rappelle qu'on est dans un nouveau pays et qu'on doit travailler deux fois plus pour y arriver. Alors franchement, je ne suis pas sûre que t'amouracher du premier venu soit la meilleure manière de réussir tes études. »

Je lève les bras au ciel. C'est quoi ce discours de M.

« C'est parce qu'il est noir ? »

Là c'est ma mère qui lève les bras pour les faire retomber plus bas que terre.

« Jennifer, ça n'a rien à voir. Je t'interdis de penser ça. C'est…On est des étrangers ici, Jennifer. Alors la couleur de peau, mais on s'en fiche. C'est nous les étrangers, Jennifer. Je te le répète. C'est pas le moment de perdre tes objectifs de vue.

— Quels objectifs ?!

— De travailler, de réussir. Parce qu'il a beau être mignon ton copain c'est pas lui qui va te trouver du boulot. Et avec le Brexit ça va se compliquer encore un peu. Tu ne pourras compter que sur toi-même. Et il faut bosser pour ça. Mais c'est pas comme si je ne te l'avais pas dit déjà cent fois.»

J'en peux plus de ce discours. Bosser, toujours bosser. La joie, les rêves, pas de place pour ça. J'en ai ma dose.

« OK. Je monte faire mes devoirs. »

Je ne suis pas sûre que ma mère ait fini la discussion. Moi si. J'en peux plus. À chaque fois qu'il y a quelque chose de bien dans ma vie, il faut qu'elle vienne tout gâcher.

Je ne sors pas de ma chambre, même pour manger. Et ma mère n'insiste pas. Vers 21h je l'entends qui monte. La porte de sa chambre qui se ferme. Même pas elle vient me dire bonne nuit. Je l'entends qui parle sur son portable, parce que oui, elle, elle en a un. Elle rigole doucement. Genre, tout va bien, sa vie est belle. Alors qu'elle fait tout pour ruiner la mienne. Elle me saoule. Alors pour ne pas entendre je mets mon casque et je repense à la fête.

CHAPITRE 18

Le lendemain, après une nuit où j'ai oublié ma mère et repensé juste à Jorell, j'arrive à l'école sur un petit nuage. Bon un peu stressée tout de même. Et si Jorell avait changé d'avis ? Si j'étais pas assez bien pour lui ?

Lucy est absente ce matin, elle a rendez-vous avec la directrice de sa nouvelle école. Je cherche Jorell des yeux. L'air de rien, évidemment. C'est pas Jorell que je vois s'approcher de moi. Ça aurait été trop beau. Non. Elles vont jamais me lâcher celles-là.

« Qu'est-ce que tu fous avec mon pote ? Anton t'a vue sortir de chez son oncle avec lui. »

Je réponds pas. D'abord, je vais pas leur raconter ma life et ensuite, je leur parle pas.

« Vas-y là, my best t'a demandé une question ! »

En plus elles savent même pas parler. Bref. D'un coup, je suis trop saoulée. Y en a marre de se faire harceler par des nanas qui savent pas parler leur propre langue.

« Alors, même si c'est moi la migrante ici, je crois bien qu'on dit poser une question et pas demander. Plus Jorell peut traîner avec qui il veut et c'est pas vous.»

Je souris. Mauvaise idée. Keisha me pousse.

« Tu causes meilleur, no life. »

Je la pousse. Faut arrêter de me chercher. Kendra tire mon sac à dos. Sauf que je suis souple, alors je me retourne. Et dans le mouvement, ma main touche son bras.

Kendra hurle « You cow ! Tu m'as griffée. »

Alors l'autre se jette sur moi comme un chien enragé. Je me bats comme je peux. Je ne sais plus trop où sont ni mes bras ni mes jambes. Je balance tout dans tous les sens.

« Qu'est-ce qui se passe ici ? » Mr Price. Manquait plus que lui. « Mlle Frey qu'est-ce qui se passe ? »

J'ai même pas le temps de répondre que Kendra se met à pleurnicher. « Elle nous a attaquées. Regardez. » Elle montre un bras griffé de partout. Sauf que vu que j'ai pas d'ongles, c'est pas moi qui ai pu faire ça.

« Ce genre de comportement est inadmissible, Mlle Frey. Je vais convoquer vos parents pour expliquer les règles qui sont appliquées ici.

— Mais c'est elles qui ont commencé. C'est elles qui m'ont attaquée.

— Vu leur état, j'en doute. » Parce qu'évidemment Keisha s'est aussi mise à pleurer, et dire qu'elle voulait juste aider sa copine, et bla bla bla. Ça marche. Cet abruti de Mr Price les croit. « Bon, tout le monde en cours. »

Je ramasse mon écharpe qui était tombée dans la bagarre. Les deux bulldogs me regardent, sourire carnassier aux lèvres.

Kendra me murmure, « Tu laisses nos mecs tranquilles à partir de maintenant.

— Je fais ce que je veux.

— Ça suffit, Mlle Frey. N'ajoutez pas de la provocation à votre comportement. »

Je pourrais hurler tellement Mr Price est à côté de la plaque.

J'écoute rien en cours. Toute la journée je rumine. Jorell est nulle part. Je vais prendre trois heures de colle et ma mère va être convoquée. Génial.

Heureusement ma mère est de nuit. Elle verra le mot demain soir. Inutile de dire que je suis pas pressée d'y arriver.

Le lendemain, j'arrive dans la cour de l'école et j'aperçois Jorell en grande discussion avec Anton. Ça a l'air assez animé.

Quand il m'aperçoit, il court vers moi. S'il m'engueule aussi, j'explose. Mentalement, je me prépare.

« Ça va, lady ?

— Qu'est-ce que tu crois ?

— Hey, c'est pas moi qui t'ai attaquée.

— Excuse-moi. C'est tes potes. Elles m'ont cherchée.

— Alors, c'est vrai ? Tu les as attaquées ?

— Non. C'est elles. Je me suis juste défendue. Tu sais quoi, lâche l'affaire. »

Jorell me rattrape par le bras. « T'en va pas, Jay. J'essaie juste de comprendre. Je t'accuse de rien.

— Ben, si.

— Non, lady. Faut donner une chance aux gens, Jay. »

Je soupire. J'en ai marre. Personne ne me croit, jamais. Sauf que là, devant moi, il y a un gars qui veut me croire. Alors j'ai le choix. Je me barre comme ça je pourrai dire que oui personne ne me croit et que ma mère a raison, on ne peut compter sur personne. Ou alors, je reste et je lui donne une chance. Je respire un bon coup et je lui raconte tout.

« OK. Bouge pas. » D'un bond, Jorell a rejoint Anton. Et là, c'est plus une petite conversation. Grands gestes, insultes. J'espère que ça va pas finir en bagarre aussi. Mais non. Pas Jorell.

Il revient vers moi. « Voilà. Je lui ai dit ce que je

pensais de sa sœur. Ça lui a pas trop plu.

— Mais faut pas que tu te fâches avec tes potes pour moi.

— T'en fais pas, lady. Ils ne sont pas importants. Tu l'es. Et Brad et notre groupe. Ça c'est important. »

Je lui souris. Des fois, Jorell parle tellement avec son cœur, qu'on dirait qu'il est le vieux sage du village.

J'attends le lendemain matin pour montrer le mot à ma mère. Le matin elle est de meilleure humeur… Mais bon, j'ai juste oublié un détail. Ça se passe toujours mal avec ma mère. J'exagère ? Même pas. Dès qu'elle entend le mot « convoquer » c'est le tsunami de colère dans la maison. Je laisse la vague déferler.

« Mais enfin, dis quelque chose, Jennifer. Ne reste pas plantée là, à rien dire. Bon. Et quand est-ce que je dois venir voir ton proviseur ?

— Vendredi.

— Vendredi ? C'est formidable. Mon jour de repos. Franchement, tu exagères, Jennifer. »

J'ai eu ma dose.

« Faut que j'y aille. Je veux pas être en retard. »

Ça va être ma fête entre Mr Price et ma mère vendredi.

Quand j'arrive à l'école, je ne suis pas d'humeur, et forcément les premiers que j'aperçois, c'est le groupe de hip-hop. Sauf qu'il n'y a pas Jorell. Je vais à mon poste près du petit muret et là, Lucy et Jorell discutent.

« Hey, la catcheuse.

— Arrête, Lucy, c'est trop le seum.

— Je pars deux jours et tu te bats. Qu'est-ce que ça va être l'année prochaine ?

— C'est la cata, Lucy.

— Pourquoi ?

— Ma mère doit débarquer à l'école.

— T'en fais pas, lady, ça va bien se passer. Elle va

comprendre. »

Je souris. Jorell veut toujours voir le bon dans les gens. Si seulement il avait raison.

« Mouais, je suis pas certaine. Mais t'es pas avec tes potes ?

— Pff. Ils me gonflent avec leur attitude. » Je rigole. S'il savait que c'était ce que je disais de lui, avant. « Quoi ? Non, lady, j'étais pas comme ça. »

Lucy se met à côté de moi, et on fait un bof bof de la main. Rigolade. Un peu d'énergie positive avant vendredi. Je vais en avoir besoin.

Jorell sent bien que je stresse, alors il s'approche et me prend la main. Pas de bisou. Parce qu'on est dans l'enceinte de l'école. Je me perds dans ses yeux bleus. Après ça, la terre peut bien s'arrêter de tourner. Ouais, comme dans la chanson. C'est trop vrai.

Vendredi, à la fin des cours, ma mère est devant la porte. Toujours avec la même tête. Au-dessus de son petit tailleur bleu marine. Celui des grandes occasions. Les autres élèves en la voyant sourient. Mais pas un sourire sympa, le sourire plein de dents de requin, pointu, méchant.

« Bon. On y va ? J'aimerais pouvoir profiter un peu de ma soirée. » Je l'emmène dans le bureau de Mr Price. On en ressort une heure après. « Franchement, je ne comprends pas. » Je m'enfonce dans mes épaules. « Ton proviseur t'a quand même demandé ton avis, et tu n'as rien dit.

— Il n'y avait rien à dire. De toute façon il avait déjà décidé que c'était moi la responsable.

— Eh bien oui. Quand j'entends comment tu t'es comportée. J'ai honte, Jennifer, mais j'ai honte. Ça ne se fait pas. » Après cette phrase d'encouragement, le retour se fait dans le silence. Mais dès qu'on arrive à la maison, ma mère repart de plus belle. « Ne crois pas que je vais laisser passer ça. » Je lève les yeux au ciel. J'ai déjà pris trois heures de colle. Qu'est-ce qu'elle veut de plus. « Et arrête ça tout de suite. Tu files un mauvais coton. Mais ça va s'arrêter là. Donc, pour t'apprendre, tu es punie pour une semaine. Tu rentreras directement après l'école.

— Et mes heures de colle lundi ?

— Ne joue pas sur les mots. Bien sûr après tes heures de colle. Mais pas de sortie avec ta copine Lucy. Ou je ne sais qui. Ton ami là…

— Jorell ?

— Oui, c'est ça. Jorell. Apparemment les autres filles sont ses amies. Donc, tu arrêtes aussi de le voir. »

Je bondis. « Non m'man. »

La répet jeudi. Arrêt juste avant de lâcher le morceau. C'est pas le moment.

« Tu veux que ça soit deux semaines ? »

Ça me calme direct. « Non. C'est bon. »

J'attrape mon sac pour monter dans ma chambre.

« Tu vas où ?

— Faire mes devoirs.

— J'espère que j'ai été claire », elle lance quand je monte les escaliers.

Bougonnage d'un oui. Dans ma chambre je balance mon sac sur mon lit. Je me retiens de hurler. Qu'est-ce qu'elle croit ? Que je vais rester à la maison, comme une gentille petite fifille à sa maman ? J'ai déjà des heures de colle, c'était suffisant. Mais, non. Elle en rajoute. Elle me saoule. Je balance mon coussin Mickey, reste des jours heureux de quand j'avais des parents qui me comprenaient. De toute façon, jeudi je sais où je serai. C'est ma vie. Et il est hors de question que je loupe cette répet. Les éliminatoires approchent à grands pas. J'y serai. Va juste falloir trouver comment.

CHAPITRE 19

Donc toute la semaine je fais comme ma mère m'a demandé. Je rentre tout de suite après l'école. Je fais mes devoirs. Je mets même la table et j'enlève les miettes. Une vraie petite fée du logis.

Jeudi matin, je range mon assiette dans le lave-vaisselle.

« À ce soir, m'man.

— Ah, non. Ce soir je dois remplacer une collègue. » Enfouissage vite fait du sourire qui monte. « Mais tu es toujours punie, Jennifer. Je t'appellerai pour vérifier.

— Bien sûr. Pas de souci. »

Donc dès la fin des cours, je rentre. J'attends à côté du téléphone, histoire de pas perdre une seconde.

Enfin elle appelle.

« Oui… tout s'est bien passés. … non pas de bagarre… oui je vais faire mes devoirs… non je ne me coucherai pas tard… Oui. Bon boulot. »

Ça, c'est fait.

J'attrape mes affaires. Mon plan est infaillible. Normalement, elle ne devrait pas rappeler. Mais si elle le fait, je dirai que j'avais mes écouteurs et que j'ai pas entendu. Je laisse aussi la lumière de ma chambre allumée. Au cas où quelqu'un passerait devant la maison. J'arrive en courant à la répet.

« Tu es venue. Cool. Je te l'avais dit que ta mère comprendrait, lady.

— Oui, heu, enfin, j'ai pas toute la soirée non plus. »

J'ai pas envie de rentrer dans les détails. Ni de recevoir une leçon de morale juste là, maintenant.

Alors on s'échauffe vite et bien. Il ne s'agirait pas de se faire mal à deux mois de la compète. Je me mets au sol, jambe tendue et je tire mes bras vers mes pieds, la tête posée sur mes genoux. Quand je remonte la tête, j'aperçois un gardien du Mall qui note quelque chose. Je lui souris. Il me regarde fixement puis s'en va. Pauvre mec. Il n'a rien d'autre à faire ?

Retour à ce qui est important.

« Là, fait Brad, on va essayer de filer toute notre choré. »

Je me prépare mentalement. Filer tout, ça veut dire faire le porté. Mon nez s'en souvient encore de ce porté.

La musique commence. Bam. Les trois en ligne, on écoute les basses. Bam, bam. Je me baisse, les gars sautent. Et au moment où ils atterrissent on enchaîne avec une pirouette au sol. Les mouvements se suivent. C'est pas mal. Bon, ok, c'est peut-être prétentieux de dire ça. Mais je dirais que ça tient la route. Faut que je reste concentrée. Travailler des pas, c'est un truc. Tout enchaîner, c'est autre chose. J'ai pas trop l'habitude et du coup je gère mal mon souffle. Au bout de quelques minutes j'ai un point de côté. La louse totale. Et forcément c'est le moment du porté. Mais je lâche rien. Et un et deux. Accroupi, bras tendus. Et trois et quatre, sauté. J'atterris sur l'épaule de Jorell. Je passe le bras. Et sept et huit. Salto en avant. Le nez frôle le sol, mais ne s'écrase pas. Je me relève. Et un et deux, hop-scotch vers la droite. Et c'est reparti pour tout un enchaînement de pas jusqu'au solo de Brad.

Je regarde Brad. Tout disparaît. Mon point de côté. Ma soif. Il est d'un autre monde ce type. Lui aussi danse depuis plusieurs minutes. Lui aussi il fait des pirouettes, saute, se cambre en arrière. Lui, il n'est pas fatigué. Il plane. Léger comme une plume, il danse, porté par l'air.

Bam. Dernier geste ensemble. Arrêt de la musique.

Je m'écroule. Littéralement. Écrasée sur le sol telle une crêpe, j'ai même plus la force de ramper jusqu'à mon sac pour attraper ma bouteille d'eau.

Brad, lui, il est debout. Il marche. Il réfléchit.

« Tiens, lady. » Jorell me tend sa bouteille. Quand je vous disais qu'il était le parfait gentleman.

Notes de Brad. Pas genre dix sur vingt, non les notes c'est comme un petit mémo sur les trucs qui se sont pas bien passés. Là où ça coinçait. Eh oui, Brad, non seulement il est capable de danser comme un dieu, mais en plus il a le regard de lynx du chorégraphe qui repère là où ça va pas encore.

« Et surtout, il ajoute, faut savoir quand respirer. » Ça c'est pour moi. « Et il faut trouver un meilleur enchaînement entre la partie solo de Jorell et votre porté.

— Salut la compagnie. » Je me retourne. Lucy est là, de noir vêtue. Enfin de noir avec plein de trucs qui brillent. « J'arrive pas trop tôt ? Vous avez fini ?

— Oui. On est bons. »

Heu, j'avais l'impression qu'on était en pleine répet, moi. C'est quoi ce délire. Mais Jorell se lève pour faire un check avec Lucy. Je savais même pas qu'ils avaient un check. Bref. Apparemment, oui, la répet est terminée, alors je la ferme.

Brad fait un petit bisou à Lucy. Rapide, discret. Parce que ça se fait pas trop de se rouler la grosse pelle en public, ici. On reste discret. Hyper discret. Mais comme j'ai appris à lire les codes, ce bisou-là, il veut dire que Brad est totalement dingue de Lucy.

« On va boire un coup ? » propose Lucy.

Je regarde ma montre. Bientôt 22 heures. C'est trop

risqué. « Pas pour moi.

— OK, À demain. »

Lucy attrape Brad par le bras et l'emmène. Jorell me fait un petit bisou lui aussi. Et il court pour rattraper Lucy et Brad.

Regard sur mes potes qui partent sans moi. C'est naze. En fait, ça me saoule grave que Lucy soit avec eux. Ok, elle sort avec Brad, mais, le groupe, c'est mon truc à moi. En plus elle m'a même pas demandé comment ça allait.

Enfin, bon. Là, il faut que je me recentre sur le présent et que je rentre vite fait.

Au moins j'ai la chance d'avoir un bus tout de suite. Et personne à la maison.

Le lendemain, devant l'école, j'aperçois Lucy, toute joyeuse.

Elle me sourit. « On l'a fait.

— Quoi ? »

Elle soupire, « Ça, on l'a fait. » Il me faut trois secondes pour que je comprenne de quoi elle veut parler. « Après le pub, ce qu'on a rigolé d'ailleurs, il est top Jorell. Donc oui, après le pub, j'ai proposé à Brad de venir chez moi. Et…

— La, la, la, la, je fais en me bouchant les oreilles, pas de détails gore s'te plaît.

— Pff. T'es pas drôle. En tout cas, c'était trop bien. »

Là, je me retiens de lui dire qu'à seize ans, c'est limite légal. Je me la ferme. Ici, le nombre de nanas qui ont des gosses avant seize ans, c'est juste hallucinant. Mais bon, honnêtement, c'est pas ce qui me gêne. Ça me gonfle qu'elle prenne de la place dans la vie de Brad. Brad c'est mon pote. C'est le mec de mon groupe.

« Et t'en fais pas, on a été prudents.

— Mais je m'en cogne. On est à deux mois du truc

le plus important de ma vie, et tu fais tourner la tête de Brad. Et sans Brad, y a pas de groupe. Et tout va foirer.

— Tu me saoules, Jay. Pourquoi tout doit toujours tourner autour de toi ? Franchement, t'es pas le truc le plus important de l'univers. Tu pourrais au moins être contente pour moi. » Je peux pas. J'ai pas envie. Silence. « OK. Quand t'auras fini de te regarder les baskets, tu m'appelles. »

Elle se casse. Je m'en fiche.

Après l'école je rentre chez moi. Ben oui, je suis toujours punie. Je m'en fiche aussi. De toute façon j'ai rien d'autre à faire. Ma mère est là. Je l'entends chantonner à l'étage. Chantonner ? Bizarre. Elle sort d'une salle de bain fumante et qui sent bon la coco. Elle a mis sa robe à fleurs, celle avec un décolleté, même s'il fait cinq degrés dehors, et elle a lâché ses cheveux. Pour une fois elle ne ressemble pas aux petites vieilles qui vous poussent avec leur canne dans le bus.

« Ah, tu es là, ma puce. » Ma puce ? Ça y est, je suis dans un monde parallèle. C'est sûr. « Je sors ce soir. Harvey m'a invitée. On doit aller au théâtre. On va au Royal Exchange Theatre. Apparemment c'est très joli. Le théâtre est tout en rond. »

Elle a les joues toutes rouges et un sourire qui lâche pas ses yeux. Génial. Donc elle, elle sort, elle s'amuse et moi je suis punie. J'ai plus my best. Bref. Tout est super génial. Je hausse les épaules.

« Je ne rentrerai pas tard. Il y a des restes dans le frigo. Allez, je ne veux pas être en retard. Ne m'attends pas pour te coucher. Si tu as besoin je t'ai laissé le numéro de Daphné la voisine à côté du téléphone. »

Vu la vitesse à laquelle ma mère parle, elle est super excitée.

La voilà qui part au bal. J'ai furieusement l'impression d'être dans un conte de fées d'une autre dimension. La méchante sœur qui part au bal et Cendrillon qui reste coincée parce que sa marraine la fée a décidé de donner une chance à l'autre.

Je devrais être contente. J'ai la maison pour moi. Je pourrais danser toute la soirée, mais j'ai même pas envie. C'est naze. Tout est naze. Alors je m'affale sur le canapé et je zappe. Rien à la télé. Comme d'hab. Passage devant le frigo. Vieux restes pourris. Grosse boule au ventre. C'est juste le truc de trop. La bouffe, Lucy, le groupe qui va exploser parce que Brad va penser à rien d'autre qu'à Lucy.

J'ai besoin d'appeler Jorell. Sauf que son numéro est dans le portable confisqué. Larmes qui montent. C'est nul. Je me sens si seule. Il me reste un seul truc à faire.

Je vais me coucher.

CHAPITRE 20

Les jours suivants on ne se parle toujours pas avec Lucy. Je m'en fiche. Du coup, mes pauses, c'est soit avec Jorell, soit toute seule quand on n'a pas les mêmes horaires. Sauf que ce matin, Jorell est avec les pitbulls.

« Salut, no life. »

Regard vers elles. Regard vers Jorell. Il dit rien. Je tourne les talons et je vais m'asseoir sur un bout de mur. Toute seule. Si même Jorell n'est pas de mon côté.

Quelques secondes plus tard, il me rejoint.

« Hey. Ça va, lady ?

— Super.

— Jay, arrête, là.

— Que j'arrête quoi ?

— De te prendre la tête avec tout le monde, mec. Kendra elle est rentre-dedans. C'est tout. »

Je lui en veux à mort. De n'avoir rien dit. De ne pas comprendre.

« Pourquoi t'as rien dit ? C'est pas être rentre-dedans, là c'est être méchant. T'as qu'à le dire que tu m'aimes plus, ça ira plus vite. Comme ça tu pourras retourner rigoler avec tes poufs. »

Regard intense de Jorell. Je résiste à la noyade au fond de ses yeux. Ça sert plus à rien.

Silence.

Jorell me prend la main. « En fait, tu te la joues cool, mais c'est du show. Kendra était juste venue me dire qu'Anton s'était fait mal au poignet et qu'il ne serait pas là, au cas où j'aurais voulu faire une battle.

— Ouais, c'est des excuses.

— Je le sais. Mais j'allais pas les envoyer bouler.

— Et pourquoi pas ?

— Parce qu'il n'y a pas besoin de se battre avec tout le monde. » Il se rapproche. « C'est toi, lady, avec qui je veux être. Faut que t'arrêtes de te fâcher avec l'univers. Parle au gens, Jay. Soit cool.

— Je suis cool. »

Bon, il appuie là où ça fait mal. Avec mon habitude de vouloir toujours me débrouiller toute seule, dès qu'un truc ne colle pas chez quelqu'un je trace ma route. Et ça m'avait toujours réussi. Sauf qu'ici, en Angleterre, ben, cette façon de faire me rend malheureuse. Ça doit être le climat. Je baisse la tête.

Jorell me relève le menton avec la main. « Oui, t'es cool. Mais tu juges trop vite, lady. » Petits haussements d'épaules. « Et avec Lucy, c'est quoi le deal ?

— Comment ça ?

— Elle n'arrête pas de m'envoyer des textos pour savoir comment tu vas, si je t'ai parlé. J'y comprends rien. » Silence. « Tu t'es aussi fâchée avec elle ?

— Non. Enfin, si, un peu. » Il croise les bras sur son torse. « Non, mais c'est sa faute aussi. Elle… avec Brad.

— Noooooon ! Et c'est pour ça que t'es fâchée ?

— Oh, ça va. C'est juste que là, en plus, elle s'immisce dans le groupe.

— Non. Elle est juste avec Brad.

— Et Brad ne va plus penser au groupe. Obligé.

— Sérieux, Jay ! Tu connais Brad ou pas ? »

OK. C'est vrai, que c'est juste trop débile ce que je viens de dire. Brad ne lâchera jamais le groupe. La danse, c'est sa vie. Et ses petites copines passeront toujours après. Désolée Lucy.

Sauf que je me suis fâchée avec ma cops. Je suis nulle. Je pourrais pleurer de honte. Je pourrais. Et, ploc première larme. Et là, c'est le drame. Ça se met à couler. Et je peux rien y faire.

« Hey, lady, ça va. Jay, t'en fais pas.

— Je suis nulle. Je me fâche avec my best, je crois pas en Brad. »

Et ça coule, ça coule. Je renifle. Le seum.

« Le truc bien avec toi, c'est que tu fais rien à moitié. »

Je le regarde à travers mon mur de larmes. C'est vrai. Petit reniflage. Petit rire. Ouf, ça passe. Jorell me fait un bisou sur la joue. Vite fait. On est à l'école. Ça veut dire beaucoup, ce bisou.

Grande inspiration. Ok. Va falloir que je parle à Lucy.

Évidemment, c'est plus facile à dire qu'à faire, de parler. Surtout que Lucy, c'est le genre de personne qui mord si elle n'est pas contente. Mais bon. C'est my best.

Ou alors, je pourrais lui envoyer un texto. C'est bien les textos aussi. C'est décidé, samedi après mon service, hop, je m'achète un portable et j'envoie un message à Lucy.

Donc samedi je vais au magasin de portables, ou mobiles comme on les appelle ici. J'ai pas assez pour m'acheter le dernier portable qui fait photo au ralenti et tout un tas d'autres trucs hyper stylés, mais après avoir réfléchi, je peux pas non plus me balader avec un vieux portable à touches. Donc une bonne occase, ça peut être pas mal.

Le vendeur est un jeune qui heureusement s'y connaît. Je ressors avec un mobile tactile et pas trop grand, histoire de ne pas me faire remarquer.

Je rentre le numéro de Lucy que Jorell m'avait filé.

« Yo, c'est Jay sur son nouveau portable. »

Envoi. J'attends. Lucy est hyper connectée. Elle a dû voir mon message direct. Rien. C'est long. Ça me saoule.

Je décide d'aller me prendre un truc à boire parce que je vais pas attendre dans le froid. Même si pour une fois il ne pleut pas. Il fait gris, mais il pleut pas. Et au passage, si vous pensez que je parle du temps parce que j'ai rien d'autre à dire, va falloir réviser. Ici, c'est hyper important de parler du temps. Au début je pensais que Lucy se fichait de moi quand elle me disait qu'elle trouvait qu'aujourd'hui le temps était beau ou moche ou froid. Mais, non. Ici, c'est normal, voire cool. C'est dur à croire, mais c'est vrai.

J'arrive à notre spot. Qui est assise au fond ? Lucy. En train de regarder son portable.

Serrage de dents. J'y crois pas.

« Salut, t'as pas reçu mon texto ? »

Elle lève la tête. « Si. Mais si tu as un truc à dire, tu le dis. Tu te caches pas derrière ton mobile. »

Punch. Prends ça dans ta face, Jay. J'encaisse. « Ouais, mais c'est un nouveau portable.

— Je m'en cogne. »

Et elle se remet à regarder son portable. Inspiration. On se calme.

« Lucy, écoute, faut qu'on parle. » Lucy regarde son portable. Je m'assois. « Pose ce truc à la fin. » Je mets la main sur son portable. Elle lève la tête. Petit sourire. J'y crois pas. « Je rêve là, ou t'es pas fâchée ?

— C'est tellement drôle de te faire mijoter comme un stew.

— J'aime pas le pot-au-feu.

— Moi non plus.

— Et donc ? »

Silence. Dans un murmure,

« Désolée. »

Elle met sa main sur son oreille. « J'ai pas entendu.

— Désolée. Là.

— Et pourquoi ?

— Pourquoi, quoi ?

— Pourquoi t'as réagi comme ça ?

— Ben, c'est juste, heu… Le groupe c'est le truc de ma vie. Et même si t'es my best, j'avais peur que ça brise quelque chose si tu commences à te pointer à toutes les répets. »

J'attends les crocs, mais non. Silence.

« Et tu pouvais pas le dire ?

— Heu, mais c'est pas cool, non ?

— C'est sûr. Mais au moins, on aurait discuté, au lieu de perdre des jours à se faire la gueule.

— Mais, c'est bon maintenant. Tu peux venir.

— Non.

— Comment ça, non ?

— Non. T'as raison. C'est votre truc. On se verra ailleurs avec Brad. » Elle se penche vers moi. Tu vas pas me faire le sermon de vendredi dernier, là ? »

Je rougis. J'avoue que je suis pas hyper à l'aise avec les trucs de sexe. Et moi, je suis pas prête. Mais bon. Chacun est différent.

Lucy rigole. « T'es trop chou, Jay. Toute rouge. Je vais pas entrer dans les détails, promis. Mais je suis bien avec Brad. On a chacun nos univers, on se respecte. Il veut pas me changer. Et il embrasse trooooooooooooop bien.

— Lucy, t'avais promis.

— Désolée.

— On est cool ?

— Ouais, on est cool. »

Légèreté des épaules, d'un coup. La vie est belle.

CHAPITRE 21

Les semaines passent vite. Trop vite.

J'ai comme juste le temps de fermer les yeux et paf on est déjà le jour des éliminatoires. Ma mère bosse ce dimanche après-midi. Parfait. Même pas besoin de lui raconter un mytho.

Ça se passe dans un gymnase. Les éliminatoires se feront dans la petite salle et la battle dans la grande.

On ouvre la porte des vestiaires. Odeur de sueur et d'eau de Cologne bon marché. On se trouve un coin pour poser nos affaires. Partout, des mecs qui jouent des bras, roulent des épaules, se trouvent beaux. Ça me donne envie de vomir ce côté macho de M. Evidemment, les regards se tournent vers nous. Je suis la seule fille. Ça fait tache.

« T'en fais pas, lady. T'es meilleure qu'eux, réunis. »

Jorell lit dans mes pensées, c'est pas possible autrement. Ou alors, j'ai pas une tête à jouer au poker.

Brad scanne la pièce.

« Ils sont pas là.

— Qui ?

— Nos champions nationaux.

— Cool. C'est bon pour nous ça. »

Ouais. Sauf que bon, même si je me la joue cool, je suis quand même la seule fille.

« Brad, t'es sûr que c'est mixte ? »

Oui de la tête. Il est déjà dans la compète, dans son

monde. Je décide de faire pareil. Ici, aujourd'hui, c'est pour nous.

Je n'écoute rien Ni la porte qui claque quand les groupes qui ont passé sortent, ni les rires de ceux qui veulent se donner du courage, ni les voix qui hurlent qu'ils ont tout donné, histoire d'impressionner les autres. Rien ne m'atteint. Concentration maximale.

Après environ une demie heure, une voix crie « JBJ ? »

C'est le nom de notre groupe. Comme Jorell, Brad, Jay. À l'entendre, je frémis. C'est pour de vrai. On y est. Le gars nous amène dans le gymnase avec des gigantesques murs gris. Au fond, une grande table avec quatre juges assis derrière.

L'endroit est immense. Glacé. Un frisson me remonte la nuque. Je sens Brad respirer plus vite que d'habitude. Alors d'instinct j'attrape sa main et celle de Jorell et on avance.

« Allez, les gars. C'est pour nous. »

J'essaye d'être la plus convaincante possible. Pas facile quand on a les genoux tout mous.

On marche d'un même pas vers la table.

« JBJ ?

— Oui, répond Brad.

— Très bien. Quand vous voulez. »

On se met en position. Moi au milieu. Tête baissée. Mon cœur qui bat à deux cents à l'heure. Boum. Musique. Je relève la tête.

Quatre mecs en face. Regard fermé, méprisant. Ils ont déjà vu des dizaines de groupes, ils sont blasés.

On commence, et un et deux. Saut. Pirouette au sol. Saut sur les genoux, saut sur les pieds. Hop-scotch à droite. Hop-scotch à gauche. J'essaie de me concentrer sur la musique. D'oublier les juges. J'essaie. Boum, boum, je saute. Boum, pirouette. Et saut, grand écart.

Pirouette sur la main. Sauf, sauf, sauf que je flanche. Mon coude lâche. Ça hurle dans mes oreilles les mots qu'ils doivent dire : « Forcément, des amateurs. En plus, une fille. Qu'est-ce qu'elle fait là ? »

Non. Je suis une b-girl. J'ai ma place. Rien lâcher. Se reprendre. Enchaîner. Du coup, avant de m'écrouler telle la crêpe, je m'arc-boute, je balance mes jambes par-dessus moi et je finis en pont. Jolie position. Sauf qu'il faut en sortir. Heureusement, Jorell se précipite et me donne de l'élan en passant son bras dans mon dos. Je remonte. Et check avec Jorell. Histoire de faire croire que tout était prévu.

C'est le tour de son solo. Bam, bam, bam, il saute. Plus haut. Il tourne, plus vite. Le jury en prend plein la tête. Boum. Pirouette sur la tête. Arrêt. Pirouette. Arrêt, pirouette, et pirouette et double. La pièce s'illumine. À chaque mouvement, des étincelles d'énergie viennent propager de la couleur sur les murs gris du gymnase. Il saute et il semble accroché au plafond. Une, deux, trois secondes en l'air, et il redescend doucement. Pour bam, se retrouver en l'air de nouveau. Retour au sol, pirouette sur les mains. Trois petits sauts pour nous rejoindre. Genre, il sautille parce que c'était juste trop fass, le truc de malade qu'il vient de faire.

On finit tous ensemble. Toute l'énergie et la force que j'ai y passe. Histoire de ne pas regretter. La pièce est électrique. On leur en met plein la tête. Vous vouliez un porté ? En voilà un. Qui, juste au passage se passe hyper bien, tellement j'ai la rage de ne plus rien foirer. Vous voulez des sauts ? Bim, prenez ça. Et mes fouettés, et mes pirouettes. Allez, double tour, juste parce que c'est vous. Dans vos faces, les mecs. On sait danser. On danse. On danse. Pose finale.

La salle reprend le dessus. Les murs, le silence. On reste en position quelques secondes. Souffle retenu. On se relâche. Face au jury. On s'attrape les mains. Souffle rapide et court.

Ils discutent derrière leurs papiers. C'est pas bon signe. Sueur glaçante qui me coule dans le dos. La discussion s'éternise. Souffle court, mains moites. J'en peux plus d'attendre.

« Merci. »

C'est tout ? On ressort. Là, va falloir attendre que tous les groupes passent pour savoir si on a été sélectionnés. Juste l'enfer. Deux heures. On attend deux heures, pour qu'enfin un mec en t-shirt logo « Manchester Hip-hop Comp » vienne annoncer les noms. Ça défile. Les groupes sautent, hurlent. On n'entend plus rien. Et le mec se barre.

Pas de JBJ.

J'y comprends rien. Enfin si. Je comprends trop bien. On n'est pas sélectionnés. C'est fini. Tout s'arrête là. Je… même plus envie de parler. On ramasse nos affaires. Le mec au t-shirt passe devant nous.

« À tout à l'heure. » Heu, de quoi il cause ? Il voit nos têtes de poissons rouges, et sourit. « Dites-donc, la victoire ça vous réussit. »

Je bouge pas, mais Jorell est au taquet.

« Comment ça, la victoire ?

— Vous êtes sélectionnés. C'est le dernier nom sur la liste.

— On n'avait rien entendu, mec.

— Heureusement que je suis repassé alors. Sinon vous auriez loupé la finale ! »

Un frisson. Jorell et Brad sont aussi choqués que moi, mais on laisse rien transparaître. On est les JBJ après tout.

« Ouais, ok, merci, mec. À toute. »

Genre, en fait on le savait.

On sort pour prendre l'air. Quelques pas dans la

rue. Explosion de joie. Je saute tel le marsupilami.

« On a passé les qualifs, on est pris. On est pris. Les gars, j'ai eu tellement peur. On est en finale ! La vache, la finale ! »

Jorell se joint à moi. Et hop, hop, et ouais et ouais.

« Du calme, les gars. » Arrêt net. La voix de la raison parle. « C'est pas fini. Il y a la battle. Et il n'y aura qu'un groupe qui ira au BOTY. »

Brad a raison. Comme d'hab. C'est loin d'être fini.

« OK. T'as raison, mec. Faut qu'on se reconcentre vite fait.

— On a été les derniers qualifiés. Du coup, on aura une battle pour obtenir la place en demie, la demie et la finale à gagner. »

Dis comme ça, ça parait hyper dur, genre le truc impossible. Mais Brad est tellement calme que je ne peux pas douter. Non. Pas maintenant. On a une heure pour nous remettre de cet ascenseur émotionnel et nous focaliser sur les battles à venir. On prend l'air quelques minutes encore. Le calme avant la tempête comme on dit.

CHAPITRE 22

Les battles ont lieu sur une estrade montée sur des pieds en fer. Quand on grimpe pour la première battle, on sent le sol qui bouge. Et ça grince. Pas le top. Rien à voir avec Broadway. Il y a juste deux pauvres spots de chaque côté pour nous éclairer. Mais pas grave. Il y a du public. Un peu. Bon. Pas comme à la finale de coupe du monde de foot. Mais Lucy est là.

Le truc pour aller au BOTY est assez simple. Faut juste gagner trois battles. Tout est dans le « juste. » Une battle, ça porte bien son nom. On se bat. En dansant. Mais ce n'est pas une choréography, c'est de l'impor. Et à chaque fois, il faut faire mieux. L'adversaire fait une pirouette, t'en fais deux. Il saute, tu sautes et atterris en split.

Donc, là, première battle. Cœur à deux cents à l'heure. Mais contrairement à avant, j'ai une envie folle de monter sur cette estrade et de tout déchirer.

Boum, boum. Les basses résonnent, et c'est parti pour deux minutes de folie. Jorell ouvre les hostilités, Brad enchaîne. Les mecs en face font ce qu'ils peuvent, mais sans paraître prétentieuse, c'est quand même hyper basique. Petit hop-scotch, mouvements de pieds, des bras, mais pas d'acrobatie. C'est à moi, et je fais ma pirouette fouettée. Ça va devenir ma marque de fabrique ce move. J'adore.

« Trois, deux, un… stop. » crie le MC. On se place

sur le côté de la scène. Les juges assis sur des chaises au fond. Respiration saccadée. « Et, jugez ! »

Cinq mains qui se tendent vers nous. Première battle de gagnée. L'air qui rentre dans les poumons dans un souffle de joie. Check à nos adversaires. Salut. Une de gagnée, deux à réussir.

Forcément, pour la deuxième battle le niveau en face est plus haut. Mais toujours pas aussi bon que nous. Quoi ? Je me vante pas. Je note les faits, c'est tout. Et nous aussi, on pousse. Brad saute plus haut, Jorell tourne un tour de plus sur sa tête, moi je fais des doubles pirouettes, finies en grand écart.

Et on passe. Reste la finale. Le truc à pas rater. Là, la pression, elle y est. On remonte sur scène. Grande inspiration. L'image de mon erreur du matin passe devant mes yeux. Non. Pas cette fois. Je ne lâcherai rien. Je suis une b-girl. J'ai ma place. Je le sais. Expiration. Et c'est parti.

Les quatre mecs en face se la jouent gangsta new-yorkais, t-shirt camionneur, casquette. Ils commencent par un petit enchaînement. En battle, on a le droit aussi de faire des enchaînements de groupe, c'est pas que des impros en solo. Mais faut pas que ça dure trop longtemps. Et là, ça commence à me gaver grave leur truc de se jeter une casquette et de la rattraper en faisant un back-flip ou un salto. Alors je saute au centre de l'estrade. Grand écart. Appui sur les mains, je me repousse du sol comme si j'étais aspirée vers le haut et j'enchaîne avec ma pirouette, histoire de leur en mettre plein la vue. Parce que, aujourd'hui, c'est pour nous. Pendant deux minutes, je donne tout. Dès que j'ai fini une série je me mets sur le côté et je hurle pour mes potes. Gorge en sang. Respiration d'un air chaud moite de transpiration. Genoux qui hurlent. Je m'en fiche. Je lâcherai rien.

« Une minute ! »

Regard vers Jorell. Notre porté, on peut le faire. Accroupi au sol, main qui se tend, qui attrape celle de Jorell. Vers le haut, je saute vers le haut. Atterrissage sur son épaule. Et là, au lieu de me laisser faire mon salto, Jorell se penche. On va tomber, se fracasser le nez. « Saute » hurle Jorell. Je me repousse de son épaule comme je peux et je fais le salto le plus groupé et rapide de toute ma vie. Au moment où j'atterris, je sens Jorell qui passe par-dessus moi, genre le saut de l'araignée, jambes et bras écartés. Il atterrit sur ses mains et se laisse tomber au sol.

« Trois, deux, un… stop. »

Jorell se relève, le plus grand sourire sur son visage.

Ce mec est dingue, mais si ça se trouve, grâce à ce porté, on a gagné notre place en finale.

« Et le gagnant est… » hurle le MC dans son micro.

Deux vers la gauche et trois vers nous.

Nous. C'est nous. On a gagné. On check nos adversaires. Le public applaudit. J'entends Lucy qui siffle à se faire exploser les doigts. On salue. Petit signe de la main. En fait on sait pas trop comment se comporter.

Moi, j'ai qu'une envie. Faire l'avion tout autour du gymnase. Booooooooooooooooom. Mais je ne suis pas sûre que ça soit un truc cool à faire. Je me retiens. Les autres groupes viennent nous féliciter. Le jury aussi. Ils nous parlent. Enfin surtout à Brad et heureusement parce que là, je serais incapable de sortir deux mots à la suite. Épuisée, je suis. Et heureuse. J'y croyais, forcément je voulais y croire, mais là, mon rêve vient de me tomber en version réalité sur le coin de la tête et ça sonne.

Enfin, on se retrouve dehors. Et là, je ne peux plus me retenir. Je fais l'avion. Le seul moyen pour décompresser. Forcément, Brad est gêné. Mais c'est pas grave. On a gagné. Je peux bien faire n'importe quoi.

Les semaines qui suivent, je suis sur mon petit nuage. Même les cours de Mr Price passent vite. Non, là, j'exagère, mais c'est tout comme. Ma mère est suffisamment occupée avec Harvey pour me lâcher les baskets. Bref, en deux mots : Tout roule. Sauf que j'aurais dû me méfier. J'étais trop heureuse pour faire gaffe au petit gardien du Mall et son carnet de notes.

CHAPITRE 23

Les vacances d'été trainent. Jorell est parti visiter ses cousins au Caraïbes, Brad, découvrir à peu près toutes les églises et tous les musées d'Europe, et ma best a fait ses valises pour le Continent comme on dit ici. Elle est partie plus tôt histoire de visiter un peu avant le début de ses cours. Heureusement on se fait des vocaux non stop. Elle m'envoie aussi des snaps de là où elle est. Et dans un qui je vois, Brad. Je l'appelle direct.

« T'es avec Brad ?

Oui. On a réussi à se caler une visite dans le même village.

Et ses parents, t'as rencontré ses parents ?

Vite fait. Mais j'ai pas trop insisté. Il n'avait pas l'air ravi de me voir.

Je rigole. « Forcément, t'es une distraction pour leur fils.

Lucy rigole. « Oui. Je crois que je me débrouille pas mal en tant que disctraction.

Lalala, Lucy, on n'a dit pas de sex talk.

Mais j'ai rien. Bon. Bye. »

L'été se passe. Enfin, l'été, on se comprend, les mois d'été, parce que pour le temps, c'est pas ici que je risque le coup de soleil.

Et finalement ma vie à moi recommence. On reprend nos répets.

Ce jeudi soir de septembre, j'arrive à notre spot.

Hyper motivée. Et là, qu'est-ce que je vois ? Deux poteaux avec un bandeau rouge et jaune qui les relie. Genre interdiction de passer.

J'aperçois un gardien et je lui cours après. Pas trop dur, vu qu'il a plus le physique de Pac-man que de Desmond Miles.

« Excusez-moi, mais qu'est-ce qui se passe là-bas ? Pourquoi il y a une barrière ?

— Sécurité.

— Mais il n'y a rien.

— C'est comme ça. Interdit. Sécurité. »

Le vocabulaire du mec est clairement limité.

J'aurais bien voulu lui dire où il pouvait la mettre sa barrière de sécurité. Mais j'ai plus important à faire. Retrouver Brad et Jorell. Là, on a un problème.

J'aperçois Jorell qui marche devant comme un lion en cage.

« C'est quoi ce truc, mec ?

— Sécurité. C'est ce que ce naze de gardien m'a dit. »

On regarde le sol, le plafond. Rien de cassé ou qui risque de tomber. Et là, ça me revient.

Ce gardien, je l'ai déjà vu. Mais oui. C'est le même qui arrêtait pas de passer devant nous avant l'été. L'empaffé ! Il a dû remonter à son chef que des jeunes dansaient sans autorisation. Genre, pour bien se faire voir.

Brad immobile, Jorell en mode loop.

« Mais il peut pas nous faire ça, c'est nul, c'est nul.

— Ok. Franchement, il n'y a rien. On n'a qu'à passer.

— T'as raison, Jay. Allez, Brad. »

Lui, toujours silencieux. Il passe sous la barrière. Sauf qu'on n'a pas le temps de poser nos affaires qu'on aperçoit Pacman qui court aussi vite que ses petites jambes le lui permettent. Ce qui fait qu'on a largement le temps de repasser devant la barrière.

« Halte là. Vous n'avez pas vu la barrière ? Ça veut dire "interdit". »

Il me chauffe le marshmallow. « C'est bon, on faisait rien de mal. »

Il se plante devant moi. « Miss, il va falloir circuler maintenant. » Je ne bouge pas. Gros naze. « Allez ! Circulez ! »

Il avance vers moi et se penche pour prendre mon sac.

Et là tout s'enchaîne très vite. Jorell se précipite pour empêcher le gardien de toucher à mes affaires, sauf que l'autre a déjà la main dessus alors, ils tirent chacun, Jorell lâche le sac avec sa fermeture en métal et paf, le gardien se le prend dans le nez. Faut dire qu'il est vraiment petit. Ça pourrait être drôle, mais c'est la cata, en fait. Le gardien se met à saigner du nez. Et juste à ce moment-là deux bobbies passent par là.

« Officiers, officiers. »

Panique. Faut qu'on coure, qu'on se barre. On n'a pas le temps.

« Que se passe-t-il ? » fait un des Dupondt et Dupont.

Ben oui, et c'est pas ma faute si les gars sont des stéréotypes sur pattes. Ils ont la même tête, le même gabarit, genre presque grand, et presque mince.

« Ce jeune m'a agressé. Je leur demandais juste de quitter une zone de danger, ils n'ont pas voulu obtempérer.

— Mais il n'y a rien de dangereux ! »

Dupont s'approche de moi. « Vous connaissez la tolérance zéro ? Elle s'applique aussi aux insultes à policiers.

— Elle a rien dit, mec, c'est bon.

— Arrête, Jorell », chuchote Brad.

Sauf qu'on n'arrête pas Jorell quand il y a de l'injustice dans l'air.

« Non, mais c'est vrai. L'autre il débarque, il nous empêche de répéter et ensuite il tourne ça comme si un gang s'était attaqué à lui.

— On se calme. » Se tournant vers le gardien : « Vous voulez porter plainte ? »

Pacman fait oui de la tête. Ce qui doit être compliqué vu qu'il n'a pas de cou pour bouger sa face d'enflure.

« Mais c'était un accident !

— Oui, je suis désolé que ton nez saigne, mec !

— On reste calme ! »

D'un coup, la tension qui monte. Les bobbies se mettent entre nous et le gardien.

« Vous allez devoir nous accompagner. »

Je suis pas sûre de comprendre.

« Non, mais ça va, mec, je me suis excusé.

— On s'excuse, monsieur », dit Brad.

Accélération du cœur. Gorge sèche.

« Dans le calme, s'il vous plaît. Accompagnez-nous. »

Regard vers Brad. Jorell murmure un truc inaudible.

« Une remarque, jeune homme ?

— Non, rien. Vous n'avez rien d'autre à faire ? »

Arrêt de ma respiration. Affaires ramassées. Coincés à l'arrière de la voiture des bobbies. Silence qui pèse une tonne. Je vais me réveiller. Je vais me réveiller.

CHAPITRE 24

Quand on arrive au poste, bizarrement les policiers se détendent.

« Il est passé, le gros pour sa plainte du Mall ?

— Oui Ben est avec lui », répond une nana, cheveux en chignon.

Normalement, elle devrait me faire sourire avec ses joues de hamster qui doit manger trop de chips devant la télé, mais là, même elle me fait stresser. En fait, tout ici est stressant. Les bancs en plastique bleus avec des chewing-gums collés sur le côté. Les murs en carrelage, histoire de nettoyer plus facilement les tâches. Même pas j'ai envie d'imaginer le genre de tâches. Les affiches avec les têtes de meurtriers recherchés. C'est bon. Je vais me réveiller. Faut que je me réveille.

— OK. Tu me gardes ceux-là, le temps qu'on vienne les récupérer.

— Je les mets où ? Je peux pas les laisser à l'entrée.

— En cellule de dégrisement, alors. »

Ils se marrent. Franchement, rien de drôle.

La nana soupire. Forcément, elle doit se lever de sa chaise.

« Bon, vous me donnez bijoux, portable, écharpe, lacets. » Elle doit dire ça dix fois par jour parce qu'elle ne nous a même pas regardés.

« Pas de bijoux, ni de lacets.

— Et la ficelle de ton jogging ?

« — Pardon ?

— Le lacet de ton jogging.

— Mais, il va plus tenir, après.

— Le lacet. C'est la procédure. Pour éviter les histoires. »

Je tire sur le lacet d'une main et je retiens mon jogging de l'autre. Le seum.

Quand on a tout placé dans une petite boîte à nos noms et donné le numéro de nos parents, la nana nous accompagne en cellule de dégrisement. Ouverture d'une porte en verre. Murs jaunasses

« Voilà, elle fait à Brad et Jorell.

— Quoi ? On reste pas ensemble ?

— Non, poulette. Hommes et femmes séparés.

— Ça va aller, lady, t'en fais pas.

— Allez, allez, Roméo, on discute pas. On entre. » Clac. Fermeture de la porte en verre. « Allez, princesse, toi, c'est là. » Elle ouvre la porte et je me trouve nez à nez avec une vieille macérée dans le vin et la transpiration. « Gladis, fais un peu de place à la jeune fille. »

Gladis se recule et me laisse entrer. La porte se referme. Je suis seule. Avec Gladis. Tentative de surmonter la panique qui arrive. Quand j'entendais des histoires de gens arrêtés et placés en cellule, je trouvais ça presque cool. En tout cas intrigant. Il y avait un côté rebelle qui me plaisait. Révision totale de mon jugement. C'est pas cool du tout. C'est horrible. Cauchemardesque. Surtout si on se retrouve avec Gladis la cruche à vin dans un espace de deux par trois.

Je repère une banquette. Gladis a vu que j'avais vu. Du coup, elle y pose toutes ses grosses fesses qui dégoulinent de sa mini jupe.

« C'est à moi, poupée. »

Je bouge plus. Debout. Rétrécissement de la pièce.

Gladis rigole, « Ta tête, si tu voyais ta tête. Je vais

pas te manger. Allez, viens t'asseoir. »

Pas sûre d'avoir très envie. Petite tape des doigts boudinés de Gladis sur la banquette. J'ai pas le choix. Je m'assois sur le bord. Tout au bord. En silence. Son odeur de vieille poivrote me monte au nez. J'ai envie de vomir.

« T'as une cigarette ? » Je fais non de la tête. « Alors tu sers à rien. Tire-toi. » Elle me repousse d'un coup de coude. Je manque de tomber par terre. Gladis rigole d'un rire gras et caverneux. Puis elle se lève et hurle à travers la vitre : « C'est bon là ! Je peux sortir ? »

Je m'assois dans un angle, le plus loin possible de la bouteille de rouge ambulante.

Comme elle n'a pas reçu de réponse, Gladis hurle plus fort. Je comprends rien à ce qu'elle dit. Juste que chaque mot commence par un f.

J'ai pas de montre. Donc pas moyen de savoir depuis combien de temps je suis coincée ici. Longtemps. Trop longtemps.

Bruit de pas dans le couloir. C'est pour la cellule des garçons. Je me lève en tenant mon jogging pour essayer de les apercevoir.

« Je t'appelle, lady !

— Assise, hurle Gladis. Tu me donnes le tournis. »

Je me rassois dans le coin. Genoux repliés, mains croisées dessus. Je voudrais enfoncer ma tête dans mes mains. Je voudrais disparaître. Faire disparaître cette soirée.

Les minutes qui s'écoulent. Gladis s'est mise à chanter. J'ai les oreilles qui pleurent du sang, tellement c'est faux.

« T'aimes pas ma chanson ? »

Je fais un p'tit oui. Pas envie de me prendre la tête avec la recalée de The Voice. Le temps s'est arrêté. C'est obligé. Et l'autre qui hurle toujours dans mes oreilles.

Des pas dans le couloir. Faut que ça soit pour moi. Et ça l'est. Ma mère est devant moi avec un policier que j'ai jamais vu.

Normalement un truc plus blanc que blanc ça n'existe pas, mais pour le visage de ma mère, si.

« Ma fille est une criminelle ?

— Non, madame.

— Alors pourquoi a-t-elle été enfermée avec ce, cette personne ? » Geste en direction de Gladis.

« Quoi ? What's your fucking problem ?

— Gladis, on se calme. Reste assise. » Gladis doit être une habituée. Tout le monde la connaît. « C'est la procédure. On ne pouvait pas la garder à l'entrée. On n'est pas baby-sitters. Et c'est une bonne manière de leur apprendre la loi.

— Bon. Je voudrais récupérer ma fille. »

Il ouvre la porte. Je sors en tenant mon jogging. Ma mère me regarde. Pas un mot. Je récupère toutes mes affaires. Ma mère me pousse vers la sortie, moi tenant toujours mon jogging avec mes mains.

« Attends s'te plaît. »

Ma mère trépigne sur le trottoir. Entourage vite fait du jogging avec la cordelette, histoire qu'il tombe pas quand je marche.

À la maison, dans la cuisine. Tension à couper au couteau. Ma mère me fait face. Appuyée contre l'évier, bras croisés. Elle se mord les lèvres. Signe qu'elle essaye de parler sans hurler. Mauvais signe, ça.

« Bon. Tu m'expliques ?

— M'man, je suis désolée. Mais il s'est rien passé. » Silence. Inspiration. On enchaîne. « J'te promets. C'est la sécurité, là, au Mall, le gros nul.

— Sécurité, Mall, de quoi tu me parles ? »

Arrêt. Panique qui monte. Elle sait pas. Elle sait rien. Rien du groupe. De moi qui danse. Rien.

« Non, mais c'est rien, m'man.

— Oh, si, si, ça m'intéresse. Je dois quitter mon tour de service parce que la police appelle. Je te crois à la maison et je te retrouve dans une cellule avec une clocharde. Alors, non, ce n'est pas rien. J'attends des explications. Explique-moi le rien qui s'est passé. » Panique. Mots qui se bousculent. Comment expliquer sans rien dire ? « J'attends, Jennifer.

— On est passés derrière une barrière.

— Qui on ?

— Moi, Jorell et Brad.

— Qui c'est ?

— Brad, c'est le meilleur ami de Jorell.

— Et Jorell ? Ah, oui. C'est ton ami. Super ! Bravo le petit copain. Je savais bien que tu n'aurais que des ennuis avec lui.

— Mais c'est pas sa faute. C'est l'autre là. On faisait rien de mal.

— Vous faisiez quoi exactement ? »

Ne rien dire. Trouver une excuse, quelque chose. N'importe quoi.

« Mais rien, m'man. Rien de mal. Je te jure.

— Vous faisiez quoi ! »

Je ne trouve rien à dire. Il me reste la vérité…

« On répétait. Pour un concours de danse. »

Ma mère lève les bras au ciel. Le lion est lâché dans l'arène.

« De danse ? Tu continues toujours à vouloir danser ? Je croyais que c'était clair dans ta tête. Tu n'es pas partie à Cannes dans cette école. Et c'est tant mieux, car ça t'aurait juste fait perdre trois ans de ta vie avant que tu ne te rendes compte que ça n'allait te mener à rien. Pour moi tu étais passée à autre chose. Avec le boulot chez Harvey, je me disais, oui, ma fille commence à être responsable. Elle comprend que c'est important de bosser. Et en fait, non. Tu n'as rien compris. Tu continues à rêver. Des rêves de gamines qui ont trop vu des séries télé débiles. Tu n'as rien pigé à la vie. Donc comme tu n'es pas capable de prendre les bonnes décisions, je vais devoir le faire à ta place. D'abord tu seras tous les soirs à la maison. Et j'appellerai toutes les demi-heures pour vérifier. Pas de télé, pas de portable, d'ailleurs tu me le donnes. Confisqué. Ensuite, plus de sortie avec Lucy ou qui que ce soit. Et surtout tu arrêtes de voir ce Jorell.

— Comment tu veux que j'arrête de voir Jorell ? On est dans le même lycée, je te signale. Et tu comprends rien. La danse, c'est pas un truc débile de séries télé, c'est la seule chose qui m'aide à tenir le coup ici. Parce que moi, je ne voulais pas venir. Jorell, Lucy, la danse, le groupe. C'est devenu ma vie, et toi tu détruis tout. Comme d'hab. »

Avec les mots, les larmes montent. Ma voix se brise.

« Je suis désolée que tu voies les choses comme ça. » Ma mère a baissé d'un ton, mais il est toujours aussi glacial. « On est parties pour se donner une nouvelle chance. C'est mon boulot que tu réussisses. Dans quelques années tu me remercieras. Et je ne suis pas bête, je sais bien que tu le verras ton Jorell à l'école. Ce que je ne veux plus c'est que tu le voies à l'extérieur. C'est clair ? À partir de maintenant, je te le répète pour être sûre qu'on se soit bien comprises, tu seras soit à la maison, soit à l'école, soit au caf. Parce que je ne vais pas mettre Harvey dans l'embarras à cause de ton comportement. »

Essuyage des larmes vite fait avec ma main. « Je suis fatiguée, je vais me coucher. »

Même si c'est pas vrai du tout. Mais avant je dépose mon portable sur la table. Genre, c'est pas grave, je m'en fiche. C'est pas vrai non plus.

CHAPITRE 25

Heureusement, le week-end arrive vite et je peux m'échapper et voir Harvey. Lui il comprendra.

« P'tit bébé, vous n'avez pas assuré quand même. » Heu, c'était pas la réponse que j'attendais. « Vous n'auriez jamais dû passer sous la barrière, tu le sais, non ?

— Mais on devait répéter !

— Il n'y a pas d'autres endroits pour ça ?

— Où ? Au sec, vu le temps d'ici et gratuit ? Tu en connais beaucoup ? »

Harvey réfléchit une minute. « Si c'est assez grand, vous pouvez venir ici le vendredi soir, p'tit bébé. »

Arrêt. D'un coup, Harvey vient de me, de nous, sauver la vie. Ok, j'ai juste oublié de lui parler de la bagarre avec ma mère. Mais bon. C'est qu'un détail.

« Harvey, t'es trop cool.

— C'est la moindre des choses, p'tit bébé, avec le nombre de fermetures que je te demande de faire. D'ailleurs demain, ça ne te gêne pas ? Il devrait faire beau.

— Of course, not ! »

Les petits pique-niques en amoureux dans le Peak District, le coin vallonné rempli de moutons et de petits murets en pierres, sont devenus leur truc à Harvey et ma mère. Trop naze, si vous me demandez, mais bon, c'est pas mon histoire.

Du coup, dimanche, dès que Harvey et ma mère

sont partis, je prends le téléphone du caf pour appeler Jorell. Ben oui, mon portable est resté confisqué dans la chambre de ma mère.

Il arrive dix minutes plus tard. Explication du spot pour répéter, appel à Brad, et petite danse de la victoire. Bon, on n'a pas encore gagné le BOTY, mais quand les choses s'enchaînent aussi bien, c'est forcément pour une raison.

Jorell me raccompagne chez moi. Tranquillement. On se retrouve dans ma chambre. Et là,

non, rien. Enfin, si. On s'installe sur mon lit. Cosy. L'un contre l'autre. On est bien.

Bruit de serrure. Je me relève d'un coup. Panique. Le hamster qui tourne dans sa cage.

« Ma puce, on est rentré. »

Mais il est quelle heure ? 19 heures. Bien sûr qu'ils sont rentrés.

« Jay, c'est quoi le problème, lady ? »

Je me retourne vers Jorell. Je ne lui ai pas dit que ma mère n'était pas fan de lui. Pour faire dans l'understatement à l'anglaise. Non, non, non. C'est la cata. Et Jorell qui reste assis tranquilou sur mon lit. J'ouvre la porte sans la faire grincer. J'entends des bruits dans la cuisine. Rituel de la tasse de thé. Faut descendre l'escalier et filer sans qu'ils nous voient. C'est jouable. Je fais chut du doigt à Jorell.

On descend. Pas feutrés de chat.

« Ah, tu es là ma ché… »

Arrêt glacé de ma mère.

« Salut p'tit bébé, yo Jorell. » Et check de Harvey avec Jorell.

Ma mère, à moi « Mais qu'est-ce que… », à Harvey « tu le connais ?

— Bien sûr. »

Retournement de situation.

« Tu le connais ?! Mais je t'avais parlé d'un garçon qui avait une mauvaise influence et qu'elle ne devait plus voir.

— Tu ne m'avais jamais dit que c'était lui.

— Je ne me souviens jamais de son nom. »

Je vois bien que Jorell ne comprend rien de ce qui se passe. Je le pousse un p'tit coup vers la porte.

Dans un murmure : « Je t'appelle. »

La porte se referme et ma mère écrase sa main dessus, histoire d'être certaine qu'elle ne va pas s'ouvrir encore.

« Non, tu ne l'appelleras pas.

— Nicole, enfin, calme-toi.

— Non, je ne me calmerai pas. J'en ai marre qu'on me prenne pour une quiche. Ah, vous devez bien rigoler dans mon dos au caf.

— Nicole.

— Non, m'man.

— Nicole, je n'ai jamais pensé que tu parlais de lui. C'est un bon p'tit gars.

— Et le bon p'tit gars, tu sais ce qu'il vient de faire là-haut dans la chambre de Jennifer ?

— M'man on a rien fait.

— Arrête de me mentir.

— Nicole, si on s'asseyait pour parler.

— Non. Pour que tu me retournes la tête ? En fait t'es comme les autres. Rien n'est grave. Ils peuvent bien coucher ensemble même si ma fille n'a que quinze ans. On peut bien coucher avec sa secrétaire. C'est pas grave !

— M'man. Tu mélanges, là.

— Toi, tu te tais.

— Nicole.

— Non. Franchement, vaut mieux que tu y ailles. C'est mieux. C'est même mieux qu'on arrête de se voir.

Nicole, ne dis pas ça, tu es énervée, je comprends.

Non, non, j'ai besoin d'être entourée de gens qui me soutiennent.

Mais je suis là pour toi.

Non, Harvey, c'est… ce… vaut mieux arrêter. »

Regard de Harvey. Il doit se demander comment une journée romantique peut se terminer en rupture. Ma mère a le secret pour ça.

Porte qui se referme. Silence étouffant.

Ma mère part dans le salon. Je reste tétanisée dans l'escalier. J'ai rien compris. Je l'entends qui parle au téléphone.

« Oui, c'est Nicole… Bon, vous pouvez lui demander de me rappeler ? C'est important. C'est au sujet de sa fille. »

Sang qui se glace. C'est définitivement la cata.

CHAPITRE 26

Le lendemain matin j'essaie de récupérer le téléphone dans la chambre de ma mère. Elle est partie hyper tôt. Echec. Elle l'a trop bien caché. Je peux pas parler à Lucy. Et faut absolument que je parle à Jorell. Heureusement on a cours de gym ensemble.

On se met à trottiner tous les deux autour du gymnase, sous les hurlements du prof de gym.

« C'est quoi ce truc, Jay ? »

Il ne m'appelle plus lady…

« Ma mère a pété les plombs. »

Passage devant le prof. On se tait.

« Ta mère ne m'aime pas ? Et c'est quoi la mauvaise influence ? » Comme c'est pas hyper facile de courir tout en parlant, ça me donne une excuse pour ne pas répondre direct, « Jay, réponds !

— Depuis la bagarre.

— Quelle bagarre ? Avec Kendra ?

— Silence ! Vous êtes là pour vous échauffer, pas pour discuter. »

Oui de la tête. Jorell s'arrête de courir. Moi aussi. Il me regarde. Yeux bleus devenus noirs.

« Et tu attendais quoi pour me le dire ?

— On ne s'arrête pas ! »

Trottinage. J'ai un gros truc dans la gorge qui coince.

« Jay, pourquoi tu ne fais pas confiance aux gens ?

Pourquoi tu penses que tu peux tout régler toute seule ? Pourquoi tu n'as pas besoin de moi ? »

Le truc qui grossit trop.

« Mais si…

— Non, pas assez.

— Allez, maintenant on s'étire. Vous attrapez votre pied et vous le tirez vers votre fesse et on tire, on tire. »

Appuyée, une main contre un mur, je prends mon pied dans l'autre main. J'ai juste envie que tout s'arrête. Ce cours trop naze, cette discussion, tout.

« Bon, quand tu pourras m'expliquer tu viens me voir.

— On ne marche pas, on s'étire. »

Jorell s'arrête un peu plus loin et s'étire. Je fais des petits bonds sur une jambe pour me remettre à côté de lui.

« Je suis désolée, c'est ma mère. On s'en fiche.

— Tu recommences. Tu peux pas t'en ficher de ta mère. C'est ta mère. Faut discuter.

— Ouais, pas trop le genre de la maison. C'est facile de dire ça pour toi. Ta mère est géniale.

— Et moi, pourquoi tu m'as pas parlé à moi ? »

J'avale ce que je peux à cause du gros truc là dans ma gorge. Et comme ça coince à ce niveau, tout remonte dans les yeux.

« Et maintenant, on touche ses pieds avec ses mains. On garde les jambes tendues. Allez on fait un effort ! »

Penchée en avant, des grosses gouttes tombent sur mes mains. Je peux pas voir Jorell, mais il est à côté.

« Je suis désolée, Jorell, tellement. Je voulais pas te perdre.

— C'est quand on parle pas qu'on perd les gens, Jay.

— Et on remonte. Allez, les équipes. Balle au prisonnier. C'est parti. »

Fin de l'échauffement. De la conversation aussi. Jorell est dans l'autre équipe.

Après la douche, je rattrape Jorell devant la porte du gymnase. Bon, pas trop mon truc de courir après les gens pour leur parler. Mais j'ai besoin de l'avoir à côté de moi. Comme pour me rassurer qu'il ne va pas partir. Pas me quitter.

Pour de vrai, j'aurais tellement de choses à lui dire. Que je suis désolée. Encore. Que je veux pas être comme ma mère qui repousse tout le monde, que je veux pas être seule, qu'il a raison, c'est nul d'être seule, que je l'aime, que je veux pas qu'il me quitte. Évidemment je dis rien. Enfin, si. J'arrive juste à murmurer un pathétique « je suis désolée ».

« Tu sais quoi, Jay. C'est pas suffisant. Tu n'as pas besoin de moi. Tu n'as besoin de personne. Alors reste toute seule. On se verra pour les répèts, mais c'est tout. »

Il trace sa route. Je reste plantée sur place. Je me suis fait larguer plus vite qu'on tape un texto. Tout ça parce que ma mère a fait sa crise. Tentative de respiration. Ça marche pas trop. Les larmes coulent. Évidemment c'est le moment que choisissent Kendra et Ronda pour passer.

« Alors on s'est fait bobo, la migrante ?
— Dégagez. Fichez-moi la paix. »
Elles se barrent en rigolant.

Mes jambes commencent à me porter en direction de la cour principale. Les bulldogs ont déjà repris leur place auprès de Jorell. Il n'a pas fallu longtemps pour qu'il m'oublie. Si ça se trouve, c'était que du flan son côté parfait gentleman, histoire que je couche avec lui, et comme je ne l'ai pas fait, il a choisi la première occase pour me larguer.

Bon, OK. Je me fais des films. Mais faut bien que je trouve une raison. Ça peut pas être de ma faute. Faut pas que je m'effondre. Ça serait trop le seum. Donc, oui, il pense que je n'ai besoin de personne, alors je n'ai besoin de personne. Et c'est tellement plus simple comme ça, en fait.

Quand je rentre chez moi, je fouille de nouveau la chambre de ma mère et je trouve enfin mon portable.

Parce que si j'ai besoin de personne, faut quand même que je partage avec ma best. Je lui lâche tout en vocaux. Au lieu de me soutenir elle me répond, « Tu sais, Jay, des fois, il y a des choses plus graves que tes petits problèmes. » Génial. Même elle s'en fiche de moi. Franchement je vois pas ce qu'il aurait de plus grave. Et elle termine par « Écoute, je viens ce week-end, on en reparle, ok. Là, faut que j'aille bosser. »

Pas la peine d'insister.

Ce jeudi, on ne répète pas au caf, car Brad a un truc de famille. Le genre hyper important hyper naze et soporifique. J'avoue que ça m'arrange bien. Même si le groupe est toujours aussi important pour moi, je n'ai pas encore digéré ma séparation avec Jorell.

Heureusement, le caf va me changer les idées.

Donc samedi, j'arrive au caf et je vois Harvey avec une chemise beige unie. Ça ne lui va pas du tout. On dirait un vieux.

« Ah, p'tit bébé, ça va ?

— Oui, oui, et toi ?

— Oh, moi. T'en fais pas. Ça ira. » Il pose The Sun sur le comptoir et part dans la cuisine.

Le service se passe bien. Harvey fait des efforts pour paraître aussi jovial que d'habitude. Il ne me trompe pas. Moi aussi je fais des efforts. Pas sûr que j'y arrive aussi bien que lui. Je suis triste pour moi et pour lui. Harvey, il est top. Et ma mère comme d'hab elle gâche tout. Lui, il n'y est pour rien. Si au moins il avait fait un truc moche, j'aurais pu comprendre, mais non, il a juste essayé de me défendre. Pour un truc que j'avais pas fait en plus.

J'en suis là de mes réflexions en passant la serpillière quand j'entends la cloche de la porte. Une seconde je pense que c'est Jorell. Harvey, ma mère. Il s'est précipité hors de la cuisine. Mais, non.

« Ah, Lucy. T'as vu ? toujours aussi beau ton caf.

— Oh, Harvey, oui. »

Elle peut rien dire de plus, car Harvey arrive avec son câlin d'ours.

Lucy a changé. Mis à part les cheveux en pétard, c'est un arc-en-ciel que j'ai devant moi. Ça fait depuis mi-juillet qu'on s'est plus vues. Forcément on a textoté à fond mais c'est pas pareil.

« Qu'est-ce qui t'est arrivé ? »

Elle rigole, « Quoi ?

— Le noir, il est passé où ?

— C'est pas trop le truc de mon école. Et j'ai décidé de m'intégrer. Parce que ça sert à rien de se prendre la tête avec des gens pour des habits.» Et elle fait tourner sa jupe vert fluo.

« Allez, filez les filles, je fermerai.

— Merci, Harvey. »

Dans la rue, on reste silencieuse. J'ai ses derniers mots en tête et je veux savoir.

« Bon, Lucy, c'est quoi le blem ? » Le visage de Lucy qui se ferme. D'un coup. Même l'orange électrique de son top n'arrive pas à redonner des couleurs à ses joues. « Ça va ?

— Non, Jay. J'ai besoin de ton aide. Je dois faire un truc. J'ai trop la trouille. J'ai besoin que tu sois là.

— OK. No problem. »

Et c'est comme ça que je me retrouve à acheter un test de grossesse au Boots du coin.

On arrive chez moi. Là, je ne peux plus me retenir.

« Mais c'est qui ?

— Comment, qui ? Mais tu me prends pour quoi, Jay ? Brad, évidemment !

— Ah, quand vous vous êtes vu cet été ?

— Oui. Et me fais pas une scène, s'te plaît c'est pas le moment.

— Non, non. Promis. »

Grosse inspiration de Lucy. « Bon. Comment on fait ? »

Assises sur le bord de la baignoire on lit la notice du test. C'est pas compliqué. Mais c'est dingue comme c'est dur de comprendre un truc simple quand on est stressé.

Pour finir, on décide que je vais la laisser faire le truc qu'il faut faire toute seule sur le bâtonnet et qu'elle me retrouvera dans ma chambre pour attendre les deux minutes.

Et donc on attend. C'est long en fait deux minutes. Hyper long.

« J'ai la trouille, Jay.

— Ça va aller.

— En plus on a fait gaffe, tu sais.

— Ouais, mais des fois ça arrive, il paraît.

— C'est naze.

— Ouais. »

La conversation tourne en rond comme ça pendant deux minutes. Petite alarme du portable qui indique que le temps est passé. Grosse respiration.

Un trait.

« Ça veut dire quoi, déjà ? »

Je ressors le mode d'emploi, qui évidemment reste tout plié et fripé. Truc de folie.

« OK. Alors. Une trait », je regarde la page de haut en bas, « pas enceinte.

— Je suis pas enceinte ?

— Non. »

Lucy balance le test en l'air. Moi, la notice. Cris de joie. Et on saute on saute. Affalement sur le lit.

« J'ai eu trop peur, Jay. Faut le dire à personne. Surtout pas à Brad. Ça le ferait trop stresser. Alors, promis ?

— Promis. Personne. »

On se détend et on passe la soirée à discuter de tout, de Jorell un peu, du BOTY beaucoup.

« Ça me manque nos debriefs au café, Lucy, nos plans sur la comète. Toi qui me remontes le moral.

— Sauf que c'est plus des rêves. J'ai réussi mon école et toi dans deux mois tu seras au BOTY. C'est trop génial. » Silence plein de on est trop fortes, la chance qu'on a. Parce que oui, on a de la chance. « J'essaierai de passer demain au caf. Et tu parles à personne du test, hein. Promis ?

— Of course, my best.

En refermant la porte derrière Lucy, me voilà avec son test dans la main. Je voulais le lui filer mais j'ai zappé. Pas grave. De toute façon on s'en fiche maintenant. Alors je le balance dans la poubelle de la cuisine, en l'enfonçant un peu, parce qu'on sait jamais.

CHAPITRE 27

Après mon service du dimanche, je rentre tranquilou chez moi. Lucy a appelé au caf. Ben oui, j'ai toujours pas mon portable. Je le laisse à la maison au même endroit où ma mère le planque, histoire qu'elle ne se doute de rien. Lucy pourra pas passer, mais on se voit plus tard. Forcément je suis triste. Lucy c'est my best. Et j'avoue que je l'aurais bien vue, là maintenant, histoire d'oublier un peu Jorell.

Quand j'arrive chez moi j'entends ma mère qui beugle au téléphone.

« Oui, qu'il me rappelle cette fois. Oui. C'est urgent. Et dites-lui que s'il ne me rappelle pas, cette fois je lui colle vraiment un procès pour non paiement des allocations » Elle raccroche. « Poufiasse. »

Irruption dans l'entrée.

Arrêt. Silence.

« …

— Qu'est-ce que tu crois ? »

Heu, moi je crois rien. J'essaye juste de comprendre pourquoi ma mère fait une tête pareille.

« Bon, je vais prendre une douche. Lucy est là. On doit se voir plus tard.

— Sûrement pas. Tu viens là, et tu m'expliques. » Empoignade par le bras. Comme si j'avais cinq ans. Et trainage dans la cuisine. « C'est quoi ça ? » le doigt pointant un bout de papier tout frippé sur la table. Oh, non. Shoot. Je l'avais laissé traîné sur mon lit. Il a dû tombé et je n'y ai plus pensé. « Alors ?

— Je sais pas trop. Ça ressemble à une notice pour un médicament.

— Et en plus tu te fiches de moi.

— Non, m'man.

— Quand tu m'as fait croire qu'il ne s'était rien passé dans ta chambre. Mais quelle idiote. C'est dingue comme je peux être naïve.

— Mais non, m'man. J'te promets. »

Elle brandit le test. « Et ça, c'est les trolls du village qui l'ont amené peut-être ? »

Panique qui monte. Je l'avais jeté dans la poubelle. Depuis quand ma mère fait les poubelles ? C'est bon. Je panique.

« Non. Mais en plus il est négatif. Donc on s'en fiche. »

Là ma mère lève les bras au ciel. Histoire de ne pas m'en coller une. Elle m'a jamais donné de fessée, mais à cette seconde, la gifle n'est pas loin. Heureusement, le téléphone sonne.

« Ne bouge pas. Je n'ai pas fini avec toi. » Au téléphone, voix glacée. « Oui, merci de me rappeler. Enfin… Oui… Au sujet de ta fille… Oui c'est grave… »

Et je l'entends raconter tout ce qui m'est arrivé. Forcément mis bout à bout on se demande pourquoi je ne suis pas encore dans un centre de détention pour jeunes délinquants.

Puis,

« Ton père veut te parler. »

Génial. Ça fait presque an qu'on se parle plus. Que j'existe plus pour lui et là d'un coup il se prend pour mon père qui va décider de ma vie.

« J'ai rien à lui dire.

— Ça tombe bien, c'est lui qui doit te parler. » À

lui. « Tu vois comme elle est ? Elle dit qu'elle ne veut pas te parler. Donc là, je te le dis. Tu es son père. Et comme tu ne paies pas les allocations, la moindre des choses c'est de lui trouver une place dans un internat. Tu as des contacts, toi. »

Et elle raccroche.

Tout se brise en petits morceaux autour de moi. Le dernier mot résonne comme si j'avais la tête dans Big Ben. Internat.

Elle revient dans la cuisine. Marche décidée. Lèvres serrées. Ça va être ma fête. Et pour une fois, je n'y suis vraiment pour rien.

« Bon. Tu m'expliques.

— Mais, c'est rien.

— Comment ça rien ? Ficher ta vie en l'air avec un gamin à ton âge c'est rien ? »

— Non, mais c'est pas ça. C'est juste que… »

Le temps se suspend. Comment je fais pour rien dire comme me l'a demandé Lucy et expliqué à ma mère que c'est pas le mien.

« C'est juste que… »

— C'est juste que quoi ? »

J'ai promis à Lucy mais je peux pas faire autrement. « … c'est pas le mien. »

Ma mère rit d'un rire hyper sec. « Tu n'as pas trouvé mieux comme excuse ?

— M'man, s'te plaît. Il faut que tu me croies.

— Non. C'est plus possible. Tu me mens, Jennifer, et je ne sais pas depuis combien de temps. Alors, là, stop. Fini la rigolade. Tu vas aller en internat histoire de te remettre les idées en place.

— C'est pas juste. Et de toute façon t'as pas l'argent.

— C'est bien pour ça que j'ai appelé ton père.

— Pour te débarrasser de moi ? Comme ça tu seras tranquille, je serai plus dans tes pattes.

« — Tranquille ? Ma vie est loin d'être tranquille. Je bosse comme une malade avec des horaires de folie, j'arrive tout juste à boucler les fins de mois. Alors, non, non, ma vie n'est pas tranquille. Et non, ça ne me fait pas plaisir de t'envoyer en pension, mais je pense que c'est ce qu'il y a de mieux.

— Et moi j'ai rien à dire ?

— Toi, vu la situation, tu n'as clairement rien à dire.

— Mais j'ai rien fait.

— Arrête tes histoires.

— Mais c'est vrai. Le test, c'est pas le mien. C'est à Lucy. Elle est venue. C'est à elle. Appelle-la si tu veux. »

Là, ma mère s'arrête de faire l'aller retour dans la cuisine. Elle me fixe.

« Non. Au téléphone c'est trop facile de mentir. Dis-lui de passer. »

La boule au ventre. Je récupère mon téléphone. Petit texto un peu dramatique mais qui dit pas grand-chose. Lucy se doute de rien. Elle va s'en prendre plein la tête et elle le sait même pas.

On attend.

Entre-temps, mon père a rappelé et j'ai dû lui parler. Faut que Lucy arrive vite, sinon je vais vraiment faire mes valises pour un internat. Il cherche encore le mieux adapté pour moi.

J'ai eu droit à « Faut que tu sois responsable, ma fille, » et « Ça t'apprendras la vie, » et « Je n'ai pas que ça à faire. » Là je reconnais bien mon père.

On sonne. Lucy voit ma tête. Elle doit comprendre direct. En tout cas, si ça n'est pas clair, le truc que lui tend ma mère doit lui donner une certaine idée.

« Bonjour Lucy. Je suis la maman de Jennifer. Je suis désolée de te faire venir comme ça. Mais j'ai besoin d'éclaircir un détail. Je voudrais savoir si ce test est à toi. »

Là c'est limpide.

Regard de Lucy vers moi, vers ma mère. « Pourquoi vous me demandez ça ?

— Parce que c'est ce que Jennifer m'a dit.

— Elle vous a dit ça ? » Lucy se tourne vers moi. Regard noir. Mais je vois bien qu'elle panique, comme moi. « Je ne sais pas quoi vous dire. Heu, oui peut-être. Mais il a l'air négatif, alors tout va bien. »

Pincement des lèvres. Ma mère réfléchit. « Très bien, merci. Je te remercie d'être venue.»

Elle raccompagne Lucy à la porte. Lucy se retourne vers moi. Regard rempli de j'y comprends rien, c'est quoi ce délire, t'es pas cool, je t'en veux à mort.

On a une chose en commun avec Lucy, c'est que moi non plus j'ai rien compris. J'ai même pas le temps de lui parler que Lucy se retrouve derrière la porte. Fermée.

Ma mère se retourne le test dans ses mains. « Tu choisis mal tes amies. Une fille qui prend un risque de grossesse aussi à la légère, c'est hallucinant ! J'espère qu'à l'internat tu te trouveras des filles de ton âge qui ont un peu plus de Q.I. »

OK. Déchiffrage svp. De quoi elle parle ? Si c'est pas le mien pourquoi je pars toujours ?

C'est la tempête dans ma tête.

Je passe la soirée à essayer de textoter Lucy. Vu que ma mère est tellement choquée qu'elle a oublié de me prendre mon portable pour la nuit. En résumé j'envoie des textos, j'attends. Pas de réponse. Bon, je me dis que comme la dernière fois, elle préfère qu'on se voie en direct, sauf que là, c'est plus compliqué. Je suis coincée chez moi. Je l'écris. J'attends. Et là, le texto qui tue.

« Pas le temps pour une balance. Bon vent. »

Moi : « On peut s'expliquer ? »

Elle : « Rien à dire. T'as pensé à toi. Je t'ai demandé

un truc et t'es même pas capable de le faire. T'es pas une best sur qui je peux compter. Continue comme ça, tu iras loin. Mais sans moi. »

Là c'est clair. Lucy ne veut plus me parler et encore moins me voir. En même temps ça va être facile, elle repart demain en Hollande.

Ok. Y en a marre de ces gens qui pensent que tout est de ma faute. Elle pourrait se mettre à ma place aussi. C'est ma vie qui était en jeu. Pour elle, tout va bien. Enfin, bon. J'ai plus my best. Juste une grosse boule au ventre. Je m'effondre sur mon coussin.

Sonnerie du téléphone. Je descends les escaliers doucement, histoire d'entendre la conversation au cas où ça me concerne.

« Oui... oui... » C'est mon père, certaine. « ... Évidemment. Mais tu es certain ?... Bon, je te la passe. Jennifer, ton père veut te parler ! »

Je descends les deux dernières marches. Ma mère tremble quand elle me passe le combiné. Je sais pas trop pourquoi. J'attrape le téléphone, bien décidée à dire à mon père que non, pas d'internat, c'est trop naze. Sauf qu'il me sort un truc de fou. Internat de danse Rosella Hightower. Celui où j'aurais dû aller il y a un an. Il a des contacts, il a négocié. Il peut me faire entrer en section modern jazz. Début des cours fin octobre. Ça tourne dans ma tête.

Bon, je comprends pas trop pourquoi mon père me propose cet internat-là. Mais quand je vois la tête de ma mère, en fait si. Il le fait juste pour l'énerver. Il sait très bien qu'elle n'est pas pour la danse. Mais comme elle lui a demandé de me trouver une place dans un internat, ben, il sait qu'elle ne peut rien dire. Il fait tout pour lui faire payer son départ en Angleterre. Mais, là, ça m'arrange trop. Je l'écoute m'expliquer comment les cours se passent, tout. C'est génial. J'ai plus qu'à faire mes valises.

Je raccroche.

« Alors ? tu en penses quoi ?

— C'est un internat, tu devrais être contente. »

Visage de ma mère qui pâlit encore un peu plus. « Oui, c'est sûr. Mais le modern jazz, c'est pas ton truc, comme tu dis.

— Papa », oui, je l'appelle papa, histoire de bien énerver ma mère, « papa m'a rappelé qu'il y avait des cours hip-hop en option. Donc vu que j'ai pas le choix et que tu veux que je parte, ben c'est aussi bien. »

Silence de ma mère. Bon, ok. Je suis pas cool avec ma mère. Mais tout ça c'est sa faute. Elle n'avait qu'à pas appeler mon père.

Sur mon lit, les yeux grands ouverts. Image des cours, des spectacles. Et là, bim, le BOTY me revient en pleine face. Qu'est-ce que je fais ? Je peux pas abandonner mes potes. Mais en même temps c'est la chance de ma vie, c'est l'école de mes rêves.

Arrêt. Inspiration. Ils comprendront. C'est juste trop important pour moi. C'est la chance de ma vie. Ils feraient pareil à ma place.

CHAPITRE 28

Ce vendredi soir, j'arrive au caf pour notre répèt. Je fais pas trop la fière. Normal. Vu ce que j'ai à annoncer à mes potes. Je suis tellement nerveuse que je me cogne de la séparation avec Jorell.

Même si en théorie je ne dois ni sortir ni voir Jorell en dehors de l'école. Là c'est trop important. Je leur dois au moins ça. Enfin surtout à Brad, parce que Jorell…

Et heureusement ma mère bosse.

Quand j'arrive, les gars sont déjà là. Harvey aussi. Il a un truc à faire.

« Hey, p'tit bébé. Bon je vous laisse les ados. » Et il file dans sa cuisine.

Check. Sourires. Un peu forcé de ma part. Jorell fait genre. Je fais genre. Faut juste que j'en finisse avec ce que j'ai à leur dire.

Brad met sa casquette de côté. « Je suis le boss, on bosse.

Rigolade. Inspiration. Non. Je leur dirai à la fin. J'ai envie de profiter une dernière fois du groupe.

Petit échauffement et en place. Moi devant, les gars derrière. Un deux, pas de côté. Trois, quatre, pirouette et…

Un cri. Je me retourne. Jorell. C'est Jorell. Par terre, qui se tient la jambe.

« Mon genou ! »

Cœur qui s'emballe. Arrêt de ma respiration. De

tout mon corps. Dans ma tête, hurlement de peur.

Harvey arrive, « OK. Jay, va chercher de la glace. J'appelle les secours. »

Brad ne bouge pas. Il est tétanisé. J'arrive avec la glace que j'ai enroulée dans un torchon. Je le pose sur le genou de Jorell. Il grimace de douleur. Il a arrêté de hurler, mais des larmes coulent toutes seules.

Il murmure, « Mon genou, mon genou. »

D'un coup, sirène dans la rue. Des types en jaune et vert fluo débarquent. Prise de tension, auscultation rapide. Ils coincent la jambe de Jorell dans une sorte de moule. Le mettent sur une civière. L'engouffrent dans leur ambulance.

« Vous l'emmenez où ? demande Harvey.

— Saint Mary's.

— On te rejoint là-bas, Jorell. »

Ce nom me dit quelque chose. Évidemment. C'est là où bosse ma mère. Génial. Manquait plus que ça.

On arrive dans la salle d'attente des urgences. Une odeur de javel et de vomi m'attrape les narines. Les murs sont tapissés d'affiches contre l'alcool pendant la grossesse, pour des vaccins contre des maladies bizarres.

Jorell a été transféré dans un fauteuil roulant. On s'assoit à côté de lui. En face, une fille en rose à paillettes avec sa main entourée d'un tissu ensanglanté et sa copine à côté d'elle qui essaye de la rassurer. J'ai même pas envie de savoir ce qui s'est passé pour elle. Ni pour le petit garçon qui a la tête au-dessus d'un bol. Les urgences c'est le rendez-vous des tragédies quotidiennes. Et j'y suis. C'est un cauchemar, je vais me réveiller.

On finit par appeler Jorell.

« Ça va aller, t'en fais pas. » Je sais plus sourire. Brad ne dit rien. Je me retourne vers lui. « Tu pourrais le soutenir, non ?

— …

— Brad, je sais que tu n'es pas causant comme gars, et c'est cool, mais là, c'est ton meilleur pote, quoi. Il a besoin de toi. »

Dans un souffle, « Il aurait dû mieux s'échauffer.

— Quoi ?

— Quand on s'échauffe, ce genre de truc n'arrive pas.

— Mais c'est un accident, c'est pas sa faute. Et puis ça change quoi ? C'est arrivé.

— Ça change tout, Jay.

— …

— Jorell est blessé. Il ne va pas pouvoir danser pendant des mois. Alors, le BOTY c'est fichu.

— Mais non, si ça se trouve, c'est pas si grave. »

Bon, j'avoue que je joue un peu double jeu, car le BOTY, de toute façon, c'était fini. Shoot. Là, d'un coup, ça me fait mal d'y penser. Mais il a fallu que je pense un peu à moi. Et donc en résumé, l'accident va peut-être m'éviter de devoir avouer que je voulais les lâcher à deux mois du truc le plus génial de la terre. Là c'est mon avenir d'abord.

« Tu rigoles. Pas si grave ? T'as vu comme son genou a enflé ? Non. C'est fini. Tout ce que j'espérais…C'est fichu pour moi.

— Pour toi ?

— Tu comprends pas. Le BOTY c'était ma dernière chance. Je passe mes A level cette année, Jay. Mes parents m'avaient donné une chance pour leur prouver que je pouvais faire quelque chose avec la danse… Là, ça va être l'uni et un job derrière un bureau. »

Silence. Grosse boule à la gorge.

« Brad, je suis désolée. Mais faut pas lâcher, faut te battre.

— Ouais, ils me feront payer un loyer pour habiter chez eux si je ne fais rien de ma vie.

— Quoi ? J'y crois même pas.

— C'est normal. Et même avec un boulot dans un fast-food j'aurais jamais assez pour payer. J'aurai pas le choix. Ça va être l'uni comme mon père le voulait. »

Et ça fait tilt. En Angleterre c'est comme ça. À dix-huit ans on est adulte, donc on s'assume et les parents, ça ne les gêne pas de faire payer leurs enfants pour habiter dans leur propre chambre. Bref, je comprends pas ce pays. Mais ce que je comprends, c'est que Brad est coincé.

Il penche sa tête en avant, ses mains triturent la manche de son sweat. Puis d'un coup il se lève. « Bon, faut que j'y aille. Tu diras à Jorell que je l'appelle demain. Salut, Harvey. »

Les portes coulissantes avalent Brad dans la nuit. Je reste là avec Harvey. En silence. Des heures à attendre. J'en peux plus. Des heures à batailler avec des pensées contraires. C'est horrible pour Jorell, au moins c'est pas ma faute si le groupe s'arrête. J'ai pas envie que le groupe s'arrête, c'est la chance de ma vie.

Enfin Jorell arrive, poussé par une aide-soignante. Je me lève. D'un coup. La dame qui pousse le fauteuil, c'est ma mère. Boule dans la gorge qui bloque tout. La salive, l'air, tout. Elle est pâle, mais le rouge lui monte d'un coup au visage quand elle aperçoit Harvey. Elle se reprend vite en se raclant la gorge.

« Bon, Jorell, tu dois bien suivre le protocole que le médecin t'a donné et tout ira bien. »

Et là, débarque la mère de Jorell. Elle attrape les mains de la mienne. « Merci, merci d'avoir pris soin de mon fils. »

Suivi d'un assaut de questions. Je retiens mon souffle. Ma mère va s'énerver, c'est sûr. Mais non. Elle est calme et répète les mêmes choses encore et encore. Dingue. Si seulement elle pouvait être comme ça à la maison.

Puis la mère de Jorell et ses bracelets m'enlacent doucement. « Merci, Jay. »

Ils partent. On se retrouve, moi, ma mère. Et Harvey.

« Bonsoir, Nicole. Ça fait plaisir de te revoir.

— Bonsoir, Harvey. »

Silence. Rien ne se passe. Moi, je me glisserais bien dans le trou de lino que je regarde, là, à mes pieds. Une voix dans le fond appelle Nicole. Harvey ne dit rien. Ils se regardent. C'est ma mère qui casse ce moment.

« Faut que j'y aille. Le vendredi, avec tous les gens saouls qui se blessent à la sortie des pubs, ça n'arrête pas. »

J'aperçois la fille à paillettes qui se dirige vers un box.

« Allez, p'tit bébé, je te ramène. »

Silence dans la voiture. Quand c'est plein de mots pas dits, les silences, ça casse les oreilles.

J'ai bien remarqué comment Harvey regardait ma mère s'éloigner. Il craque encore pour elle, c'est sûr.

« Harvey, je suis désolée pour ma mère.

— T'en fais pas pour moi, p'tit bébé. Et t'en fais pas pour Jorell. Il va s'en remettre. Vous allez redanser. »

Haussement des épaules. Je peux pas tout lui dire. Que de toute façon je ne danserai plus avec Jorell. Que dans deux mois je suis partie. Ça fait trop mal. J'ai trop honte.

Le lendemain après le service au caf je me retrouve chez moi. Avec ma mère. Elle est dans la cuisine, assise, la tête baissée, une tasse de thé qui refroidit posée sur la table.

Elle lève la tête. « Ma puce, on peut parler ? » J'ai pas envie, mais pas du tout. Mais bon. J'ai pas trop le choix. Je m'assois en face d'elle. « Qu'est-ce que tu faisais à l'hôpital ? Et avec Harvey ? »

Par où commencer ? Je sais pas. Et puis tout ça n'a plus d'importance de toute façon.

« S'il te plaît, Jennifer, explique-moi. Je suis tellement fatiguée de me battre contre tout le monde. »

Une voix douce. C'est bien la première fois. Alors je lui raconte, le groupe, les répèts. Évidemment elle se mord les lèvres à chaque fois qu'elle comprend que je lui ai menti, mais elle me laisse parler. Et je ne cache rien. Le BOTY. L'accident. Fin.

Ma mère prend une grande inspiration. « D'accord. Et là ?

— Quoi là ? Ben de toute façon je pars, alors c'est fini.

— Ah, oui », gros soupir, « Tu pars. Et tu es sûre ?

— Quoi, c'est pas ce que tu voulais ?

— Si, si. Bien sûr. »

Silence.

J'y comprends plus rien. Ma mère devrait être ravie que je m'éloigne de Jorell, du groupe, de tout. Mais ça n'a pas l'air. J'ai même plus envie de comprendre.

Je dois passer à autre chose. Faut que je me concentre sur moi, sur l'internat et ce que je vais y faire. C'est ça l'important. L'internat. J'ai toujours rêvé de cet internat. C'est un truc de malade cette école. Sauf. Sauf que quand j'y pense, j'ai une boule au ventre qui remonte à ma gorge et pas moyen de la faire partir.

CHAPITRE 29

Même au caf, j'arrive plus à sourire. C'est naze. Je vais dans l'académie de danse de mes rêves !! Alors pourquoi j'ai envie de pleurer. Tout le temps ? Du coup je raconte tout à Harvey.

Il me regarde intensément. « Tout ce que je peux te dire, p'tit bébé, c'est que pour être heureux, il faut suivre son cœur. Il n'y a que ça de vrai. »

Et les semaines s'enchaînent. Les feuilles tombent, je ressors ma veste à capuche, mon pull en polaire. Silence radio de Brad. Je vois Jorell à l'école, en béquilles. Même si officiellement on n'est plus ensemble, on s'est remis à discuter. C'est cool.

« Dis, lady, tu fais quoi ce samedi soir ?

— Tu veux m'inviter à danser ? »

Shoot. C'est sorti comme ça. C'était censé être drôle, mais, en fait, non, pas du tout. Le visage de Jorell se ferme une seconde et ça passe. Heureusement.

« Ma mère fait un repas. » Silence. « Tu me manques, Jay. Et je sais que t'as pas changé, mais tu me manques. »

J'aimerais pouvoir être comme Jorell, dire ce que je ressens, comme ça. Simple. Sauf que si là, je devais dire ce qui se passe dans ma tête et dans mon cœur, bonjour la tempête. J'ai toujours pas réussi à lui dire que je partais, dans, quoi, maintenant ? Ah oui, un mois. J'ai plus trop envie d'un coup. Mais bon. Faut que je pense à moi, bla, bla, bla.

« Ça sera pas un truc de dingue. Il y aura juste quelques cousins.

— Seulement ? »

Jorell sourit. « Alors, ça te dit ? »

Je souris. Forcément ça me dit. « Faut juste que je voie avec ma mère. »

Tout est dans le « juste. » Pas envie de lui dire que c'est pas gagné. Vu le passif entre elle et lui. En plus ma mère est crevée en ce moment. Ce qui veut dire pas de patience et aboiement à la place des paroles. Il va falloir que je trouve un moyen pour que ça passe. Je pourrai toujours jouer la carte, « c'est la dernière fois que je le vois de toute façon. » Et là, d'un coup les larmes montent. Shoot. J'ai pas envie de partir. Mais, bla, bla, bla. Heureusement, la cloche sonne. On rentre en cours.

Je laisse passer un jour avant de parler à ma mère. Histoire de lui demander quand elle est dans un bon moment. Le lendemain quand je rentre, elle est au téléphone sur son portable. Si c'est Harvey, ça va être trop facile de lui parler.

« Merci… non… pas de fenêtre. » Elle raccroche. « Abrutis. Ils m'énervent à déranger les gens tout le temps comme ça.

— Pourquoi t'as répondu? »

Silence. Ma mère défroisse son jeans avec ses mains. Ok. Pas besoin de me le dire. Elle a dû penser comme moi.

« J'ai oublié qu'il n'y avait que les pubs qui appellent maintenant. Tu as des devoirs ?

— M'man, j'ai un truc à te demander. » Pas vraiment le bon moment, je sais, mais en fait, il n'y a jamais de bon moment avec ma mère. « La mère de Jorell », ça fait mieux, « m'invite à un repas samedi soir. Un truc cool, avec la famille. »

Elle soupire, « Samedi, mais tu travailles dimanche matin.

— Oui, mais ça ne finira pas tard.

— Franchement, Jennifer, ce n'est pas les vacances.

— Mais ça va pas finir tard, et je me coucherai hyper tôt dimanche, et j'aurai fait tous mes devoirs. »

J'attends pour voir si je dois sortir ma dernière carte.

Re-soupir. « Et comment tu vas rentrer ?

— C'est la mère de Jorell qui me raccompagnera.

— Bon, c'est déjà ça. Parce qu'il est hors de question que tu te balades toute seule dans les rues la nuit.

— Alors, c'est ok ? »

Re-re-soupir. « Bon d'accord. Mais tu es à la maison avant 22 heures. »

Ecarquillement des yeux. C'est hyper tôt. Mais comme j'ai appris à me taire au bon moment, je ne l'ouvre pas.

Le samedi soir, c'est la cousine de Jorell qui m'ouvre. Bras grands ouverts, gros hug. Son fils est caché derrière ses jambes. Il me regarde, se cache. Alors je mets mes mains devant mes yeux. Je les enlève, coucou. Il sourit et file en courant.

« Jay, Darling, entre, entre. » Les bracelets et l'écharpe de la maman m'enlacent tendrement.

On s'installe à table. C'est nettement plus calme que la dernière fois, mais tout aussi joyeux. Les blagues, les répliques fusent de tous les côtés. Bon, j'avoue que des fois, j'arrive pas à suivre. Mais c'est pas grave. Il fait bon ici. Et la joie est communicative.

D'un coup, paf. 22 heures. Pas envie de rentrer. Jorell a remarqué mon regard vers ma montre.

« Ça va, Jay ?

— Oui… oui… »

On a fini le repas. On est affalés sur le canap.

Son cousin a mis de la musique et sa cousine chante. Le neveu s'est endormi dans ses bras. Elle chante des vieilles chansons qui parlent d'été à Paris, d'amour, le truc qui m'aurait saoulée grave, mais là, non.

« Faut que tu rentres, c'est ça ? »

Je fais un p'tit oui de la tête. Mais, avec toute cette gentillesse environnante, faut que je lui dise. Je lui dois bien ça.

« Jorell, faut que je te dise un truc. » Regard bleu profond. « Le soir de ton accident, j'allais vous annoncer que je partais dans un internat de danse.

— Un internat ?

— Oui, c'est la seule solution que mes parents ont trouvée pour me rediriger sur le droit chemin comme ils disent.

— Ah, mais c'est de danse ? C'est cool. »

Silence. Il n'a pas envie de poser la question qui tue. Moi j'ai pas envie de le dire. Mais il va bien falloir.

« Le truc… c'est que je pars… fin octobre. »

Là. C'est dit. C'est horrible. Silence. Regard bleu qui se délite. Il comprend. Il comprend que là encore j'ai pensé qu'à ma gueule. Je suis moche. Je me dégoûte. Mais c'était le truc à faire. Et j'avais pas le choix de toute manière.

La chanson se termine. Un silence enveloppe la pièce. Personne ne veut bouger pour ne pas réveiller le petit neveu. On a arrêté de parler. Le silence de Jorell éclate dans mes oreilles.

Tout bas, « J'ai pas le choix, Jorell.

— Peut-être. »

La maman tintinnabule jusqu'à nous, « C'est quoi ces visages de tristesse ?

— Rien m'ma.

— Je te ramène, ma chérie ? C'est l'heure, non ?

— Oui.

— Et toi aussi, tu m'enlèves cette tête-là. On rentre dans la joie. »

Je dis au revoir à pas feutrés à tout le monde. Jorell m'attend à la porte. Je pose ma main sur la sienne. Le froid de la béquille. Le même que son visage.

« Arrêtez avec ces têtes, je vous dis.

— M'ma, tu sais bien.

— Quoi, c'est pour le B. O. T. Y ?

— Oui. Et autre chose.

— It ain't over till the fat lady sings. »

Regard vers Jorell. Ben oui, Je connais pas toutes les expressions anglaises.

« Ça veut dire que les choses peuvent s'arranger, vu qu'on ne connait pas la fin.

— Mais, oui. On ne sait jamais. Il faut y croire. Jusqu'au bout, ma chérie. »

Petit sourire. Même si Jorell fait de la rééducation comme un fou et par miracle pouvait redanser, moi je ne serai plus là. Donc, oui, tout s'arrange. Pour moi.

« Allez, hop. On y va. Je n'ai pas envie d'inquiéter ta mère. »

Je pars. Jorell ne dit rien. Je lui ai brisé le cœur une deuxième fois. Ravalement des larmes. J'avais pas le choix.

Devant chez moi. Des lumières dans la cuisine. Ma mère doit m'attendre. Elle ne peut pas me lâcher.

« Allez, ma chérie, ta maman t'attend.

— Merci pour la soirée.

— Tu reviens quand tu veux. Passe le bonjour à ta maman pour moi. »

Là, je vois ma mère qui s'approche de la voiture. Je sors vite fait. Pas envie qu'elle me fasse une scène devant la mère de Jorell. Mais non. Elle se penche pour parler.

« Merci beaucoup. C'est très gentil de l'avoir ramenée. J'espère que vous avez passé une bonne soirée. »

Ok. Qui m'a changé ma mère ?

Et les voilà qui se mettent à papoter du temps. Rappelez-vous, le sujet important ici. Et ça finit par un « il faudra que vous veniez la prochaine fois. » de la mère de Jorell.

Ma mère va décliner, c'est sûr. Mais, non. Elle répond « avec plaisir. »

On rentre. Tout le truc devant la voiture devait être pour donner le change, et je me prépare à me prendre une dose vu qu'il est presque 23 heures. Rien. Du coup, j'en profite pour monter vite fait, avant qu'elle change d'avis.

Je me brosse les dents en deux secondes et quand je suis dans mon lit, ma mère frappe à ma porte. Elle l'ouvre mais n'entre pas comme elle fait d'habitude. Genre c'est chez moi ici, je fais ce que je veux. Elle reste appuyée sur le chambranle de la porte

« Ma puce, je voulais te demander… Harvey… Il parle de moi quelquesfois ?

— Non, pas trop.

— Ah… oui… bien sûr. »

Elle va pour refermer la porte et j'ajoute. « Tu sais, on bosse. Mais va lui parler, m'man. Je suis sûre que ça lui ferait plaisir. »

Ma mère ne dit rien. Juste un soupir. La porte se referme doucement.

CHAPITRE 30

Les jours passent, il fait nuit de plus en plus tôt. Il pleut de plus en plus souvent. Et le jour que je crains arrive. Comme ça. Sans prévenir. Samedi, jour de mon départ. Vers ma nouvelle vie, bla, bla, bla.

J'ai pas envie.

J'ai voulu bosser une dernière fois au caf. J'en avais besoin. J'ai tout fait comme d'hab. En essayant d'être joyeuse et d'oublier la grosse boule, là, au milieu de ma gorge.

À la fin du service, je suis assise sur une chaise du bar, histoire d'emmagasiner des images du caf pour quand je serai loin, et je vois débarquer Brad et Jorell. Je suis trop surprise après ce que j'ai révélé à Jorell. Lui sans béquilles, Brad avec lui, les deux avec le sourire. Qu'est-ce qui se passe ? Ça fait trop mal de les voir, là, tous les deux, mes potes, mes compagnons de battle. Mais je donne le change.

« C'est quoi le truc, les gars ?

— Bon, lady, on sait que tu dois partir et que c'est la chance de ta vie. Mais faut que tu saches un truc.

— Il peut y aller. »

Brad, jamais plus de quatre mots par phrase. Je comprends pas.

« Oui, lady. Le docteur m'a checké. Bien sûr faut que j'y aille cool. Mais c'est ok. Je peux faire le BOTY. Fallait que tu saches ça avant de partir. Au cas où. »

Ça tourne dans ma tête. Au cas où quoi ? Ma décision était prise avant l'accident. Son accident n'a rien changé. Je partais. Je pars. Ils me regardent. Je dois partir. J'ai pas envie. J'arrive plus à avaler ma salive. Je vais encore briser leur rêve, pour préserver ma gueule. Je…

À ce moment, Harvey sort de la cuisine. « Hey, les ados, vous en faites des têtes. » Explication vite fait de ce qui se passe. « Je vois. » Il croise les bras sur son ventre et me regarde. « Avec ton cœur, p'tit bébé. Pour être sûre de ne pas te tromper, jamais, choisis avec ton cœur. »

Faut pas que je pleure, mais ça monte. Pourquoi toujours au mauvais moment.

« Je… je suis désolée les gars. Mais l'avion… tout est prévu. » Les larmes coulent. « Je suis désolée. »

Je m'enfuis du caf. Même pas pu leur dire au revoir. C'est trop dur.

J'arrive à la maison, les larmes coulent toujours.

Ma mère est dans la cuisine. Tasse de thé. Rituel devenu éternel. J'ai pas envie de plus voir ça non plus. C'est naze, je sais. Tout ce que je pensais être des trucs nuls, débiles, sans importance, en fait, c'était ma vie. Ces petits trucs nuls. C'était ma vie, et je l'aime ma vie. Ici, avec les tasses de thé, la pluie, tout.

Je m'écroule sur la table de la cuisine. « M'man, j'ai pas envie de partir. S'te plaît. J'ai pas envie de partir. »

Regard embué de ma mère. « Je pensais que tu étais heureuse d'aller danser.

— Non. Je veux danser ici, m'man, avec mes potes. Je sais que tu les détestes, mais… ils sont cool… je te promets.

— Je ne les déteste pas, Jennifer. Je veux juste faire ce qui est le mieux pour toi. Et ton père a tout arrangé. »

Oui. Tout est arrangé. Pas de retour en arrière. Essuyage des larmes. Silence. On ne bouge pas. Ma mère se mord les lèvres. Mais rien ne sort. Sauf, « Bon, il faut y aller. »

Dans le bus qui nous amène à l'aéroport, on ne parle pas. Je vois défiler la ville. Ma ville.

Arrivée à l'aéroport. Les bruits résonnent. On appelle le vol pour Ottawa à la porte 23. Dernier appel pour Mr and Mrs Ratungem. J'ai une valise qui pèse une tonne. Elle disparaît sur le tapis roulant, juste derrière une valise souris à grandes oreilles.

Essai de respiration normale. Ça marche pas. Toujours la boule, là au milieu, remplie de larmes, de regrets, de j'ai pas envie de partir.

« Bon, ma chérie, je t'offre une dernière tasse de thé avant que tu partes ? »

Ma chérie. C'est la première fois que ma mère me dit ça. Ses yeux sont remplis, comme les miens. Je fais oui de la tête. Si c'est tellement le truc à faire, pourquoi je suis si triste alors ?

On s'installe à une petite table d'un café Costa, juste à côté des check in.

Bruit de course. Machinalement je regarde. Non, c'est pas possible. Un type tout chauve qui bondit parmi les passagers.

« Harvey ? » Ma mère l'a aussi aperçu. Il se retourne. Et court vers nous. Suivi de Brad et Jorell. « Mais qu'est-ce que tu fais là ? »

Tous les trois à bout de souffle, devant nous.

« Lady, s'il te plaît ne pars pas.

— Harvey, enfin qu'est-ce qui se passe ?

— En fait, m'man, Jorell est passé au caf pour me dire qu'il pouvait redanser et donc qu'on pouvait aller au BOTY.

— C'est ton truc de hip-hip ?

— Hip-hop, m'man. Et oui, c'est ça. »

Mais, bon. Je sais comment ça va aller cette

conversation. Ma mère va dire qu'elle est très contente pour Jorell, mais que j'ai mon avenir à moi à penser. Bla, bla, bla.

Silence.

« Et tu en penses quoi, ma puce ? »

Mâchoire qui tombe. Elle vient de me demander mon avis, ou je rêve ? Tous les regards, sur moi, qui attendent.

« Je… » Jorell, Brad, Harvey, ma mère les yeux pleins de larmes. C'est tellement évident. « Je veux pas partir. »

Éclats et cris de joie des mecs. Ma mère lâche ses larmes, se lève et me serre dans ses bras. Comme si elle avait peur que je change d'avis et que je parte. Mais, non, je ne pars pas. Mélange de rires, de larmes. Je sais plus trop où j'en suis. Heureusement, Harvey est là pour gérer.

« Elle est où ta valise, p'tit bébé ? » Ma valise, shoot. « Pas grave, on la fera rapatrier.

— Il faut appeler ton père. »

C'est à moi de la faire. Et c'est hyper rapide en fait, comme coup de fil.

Moi : papa je pars plus.

Lui : très bien. Ne me demandez plus jamais rien.

M'en fiche. Je pars plus.

Je regarde ma mère, elle est, d'un coup, rayonnante. Elle sourit. Comme si elle se disait qu'avoir une fille qui la rend dingue auprès d'elle, c'est quand même mieux que d'avoir une fille parfaite mais à 1600 km.

Harvey me fait un clin d'œil. « Le cœur, p'tit bébé. Il n'y a que ça de vrai. »

Là je comprends vraiment ce qu'il veut dire. L'internat, c'était un choix d'intérêt, pour moi, pour ma carrière. Rester, c'est mon cœur qui me l'a dicté. Et je suis sûre qu'il va se passer un truc de malade au BOTY.

C'est pas possible autrement.

Dans un joyeux boucan, on quitte l'aéroport et on se coince à l'arrière de la voiture de Harvey.

Je profite du trajet pour envoyer un vocal à Lucy. Faut que je m'excuse. Et je peux le faire. enfin je crois, parce qu'au moment de parler, ben, j'ai la voix qui tremble. Pas si facile de s'excuser en fait. Alors j'y vais direct. « Tu me pardonnes ? J'ai pensé qu'à ma face, dis-moi qu'on est ok. »

Un bip sur mon portable. C'est un vocal de Lucy.

« T'es relou, Jay. J'arrive jamais à être fâchée contre toi longtemps. Au moins tu le reconnais c'est cool. »

« Tu parles à qui ? demande Brad.

« Lucy.

— mais pourquoi vous ne vous parlez pas en direct, me demande ma mère, c'est trop bizarre vos trucs de vocaux. »

Pour une fois elle a raison. J'appelle Lucy et je mets le haut-parleur. On lui raconte tout. Bon je suis pas sûre qu'elle comprenne quelque chose, vu qu'on parle un peu tous en même temps. Mais elle rigole.

« Vous êtes des oufs, vous les savez. Envoyez-moi les dates, on sait jamais. »

Quand on arrive chez moi, on a tout arrangé. Les répèts chez Harvey, tout. Et ça commence demain.

CHAPITRE 31

Pour cette première répèt après l'accident, forcément spéciale, forcément stressante, j'ai préparé un petit speech d'excuse.

« Les gars, je voulais…

— Lady, on comprend. C'était pas facile comme choix.

— Mais j'ai pensé qu'à moi.

— Non. Puisque tu es là. » Jorell me prend les mains. « C'est cool que t'aies changé, lady. »

On s'échauffe. Bien. Super bien. Genre on est en nage à la fin. J'essaie d'être détendue, Brad aussi, mais on y pense. Et si le genou de Jorell ne tenait pas ? Et s'il se refaisait mal ? Et si ? Mais bon. Faut chasser ces idées. Ça sert à rien.

Brad branche son appareil. Même s'il y a la sono chez Harvey, il est venu avec son appareil radio-cd. Trop rétro, trop top. Pour notre musique à nous.

« Bon, comme on reprend, on va y aller cool.

— Oh, mec, c'est bon.

— Oui, je sais. Mais on va pas faire des trucs délirants. On va bosser les pas de groupe. Et si ça va pas, tu dis, Jorell.

— Ça va, mec, ça ira. »

On commence, en ligne. Petit hop-scotch, que je ne présente plus, le pas de base du hip-hop. On fait ça pendant bien cinq minutes, histoire de se resynchroniser.

« Ça va, Jorell ?

— Oui, lady. OUI ! Le prochain qui me demande si ça va, je lui fais bouffer la casquette de Brad. »

Harvey sort de la cuisine. « Alors, les ados, tout roule ? Le genou, Jorell, ça va ? »

On se tourne vers Jorell. Grand sourire.

« Pas la même chose, les mecs, il m'a demandé comment allait mon genou. Non, non, mec, pas la même chose. »

On éclate de rire. Toute la tension, le stress, s'échappent et disparaissent. Tout ce qui reste, c'est la vie qui coule à plein régime dans les veines. La joie d'être avec mes potes.

On répète pendant bien trois heures. J'ai des crampes aux jambes. Ça fait mal. Pas grave. On répète. Je danse. Je vis.

Vers 17 heures, Brad décide d'arrêter.

« Ça sert à rien d'en faire trop le premier jour. Sinon demain, plus personne ne bouge.

— Et tes parents, ils pensent quoi du BOTY ? »

Bon, OK. Il y a encore un jour, c'était moi qui allais ruiner son rêve. Je sais. Mais je suis là, maintenant.

Brad hausse les épaules. « Rien. Mon père a grogné. Mais après avoir discuté avec ma mère, ils ont dit, on verra, si tu réussis. »

Je sais que les parents de Brad l'ont jamais vu danser. Je me retiens de dire à Brad que je trouve que son père est un gros beauf qui comprend rien à rien, parce qu'il a sûrement ses raisons de réagir comme ça. Ok. C'est bien trop réfléchi pour moi. Mais bon. Je comprends pas. Brad, c'est la danse à lui tout seul. Personne ne devrait pouvoir lui retirer ça.

Petit check d'au revoir.

« À la semaine prochaine. »

Que c'est bon d'entendre ça.

Je m'étale sur mon lit telle la crêpe sur une assiette. Brad avait raison. Je ne peux plus bouger.

La routine quotidienne reprend. Mais, à la maison, je ne sais pas par quel miracle, ma mère est plus calme. J'irai pas jusqu'à dire qu'elle est cool. Faut pas exagérer quand même. Mais elle a arrêté de me prendre la tête avec l'école toutes les cinq minutes, elle chantonne sous la douche. Rien à voir avec le groupe, c'est sûr. Plus avec les chemises hawaïennes que Harvey a recommencé à mettre. Bon, je dis ça, je dis rien. Les histoires d'adultes c'est trop la louse pour que je m'y attarde. Sauf, si, en fait, j'aimerais bien savoir. Juste histoire de. Mais c'est pas mes oignons.

Les semaines passent. Le vent pluvieux se lève. Les jours raccourcissent encore, genre il fait nuit à 16 heures. Et d'un coup, paf, on est à la dernière répet. À l'échauffement, l'air de rien je surveille Jorell, histoire d'être sûre qu'il chauffe bien son genou. Bon je suis pas hyper discrète.

« Tu me saoules, lady. »

Clin d'œil. Parce qu'il sait bien que c'est juste que je tiens à lui.

Musique. Position. On file la choré. C'est-à-dire qu'on va danser du début à la fin. Sans s'arrêter. La choré sera notre premier passage au BOTY. Chaque team doit en présenter une. Faut qu'elle claque, sinon on ne passe pas les éliminatoires. Donc, c'est parti. Et un et deux, pirouette à droite, et trois et quatre, main au sol, saut. Et cinq, sur les genoux et six…

Concentrée. Hyper concentrée. Je suis trop tendue. Pourquoi ? Pourquoi j'arrive pas à me lâcher ? Pourquoi ? Parce que j'ai peur. Peur de rater un mouvement, peur de faire les mêmes erreurs qu'aux qualifs.

Peur.

Non. Cette battle-là, c'est pas toi qui vas la gagner.

Et un et deux, prends un kick dans ta face. Et trois et quatre, écrase-toi avec ma pirouette. Et cinq et six, t'as vu mon handstand ? Je suis plus forte, dégage. La preuve, je peux sautiller sur mes mains. T'es plus rien. Il ne reste que moi. Moi, la danse. Mes potes, le groupe.

Mon pied droit se replie vers le genou gauche et me fait basculer sur le côté. J'atterris accroupie, prête à bondir. Check avec Jorell. On repart. À fond. Respiration et cœur à l'unisson. La joie qui remplit mes poumons.

La choré se termine, écroulement sur le sol. Mais on se relève vite fait. Faut pas se couper les jambes. Alors on marche, on boit.

« Mecs, vous vous rendez compte, quand même, on va au BOTY.

— Yes, c'est trop cool.

— Ok. Mais faut pas y aller en touristes. On a notre place. On n'y va pas pour faire de la figuration. »

Brad. Le focus. Encore et toujours.

CHAPITRE 32

Novembre arrive. J'ai économisé assez d'argent pour me payer mon billet de car jusqu'en Allemagne. Évidemment, ma mère a tout d'un coup flippé grave. Genre, c'était de nouveau une super mauvaise idée de partir. J'ai parlementé tout ce que j'ai pu, et elle a fini par se laisser convaincre. Bon, faut que je sois honnête, sans Harvey, j'aurais pas réussi. Ce qui me fait dire que Harvey sait trop bien s'y prendre avec ma mère.

C'est le jour J. Le jour du départ. Le jour de folie. J'arrive avec ma mère à la gare routière. La famille de Jorell est là. Ils occupent à peu près la moitié de la salle d'attente. Brad est avec eux. Il essaie d'écouter sa musique, mais le petit neveu n'arrête pas de lui chiper ses écouteurs. Alors il renonce et joue à boo avec le p'tit gars.

Quand la mère de Jorell m'aperçoit, elle se précipite vers moi. « Ma chérie. Quelle aventure ! » Gros hug qui tinte. « Nicole. » Re gros hug. Ma mère se laisse faire. Un peu surprise.

J'aperçois un type avec une chemise à fleurs bleu électrique. « Harvey !

— Alors, p'tit bébé, prête pour le grand voyage ?

— Mouais, 12 heures de car, ça va être trop long.

— C'est sûr. Mais si tu te dis que chaque heure te rapproche de ton rêve, ça va bien se passer.

— Le car pour Londres, quai 12, départ imminent. »

Chaos dans la salle d'attente. D'un coup une foule se lève, avec des rires, des c'est parti, n'oubliez pas vos valises, quelle aventure, faut pas le rater.

On entasse nos sacs dans le coffre du car. Je fais un bisou à ma mère.

« Tu m'appelles. Tu fais attention au changement à Londres.

— Oui, m'man. »

Elle m'embrasse sur les deux joues. « Bonne chance, Jay. »

Première fois qu'elle m'appelle comme ça.

« Départ », crie le chauffeur.

Gros hug vite fait à tous, et nous voilà dans le car.

Alors qu'il démarre, j'aperçois Harvey qui parle à ma mère. Elle sourit. Tant mieux. Elle ne sera pas seule.

On part. La ville défile. Et tous les souvenirs accumulés ici avec. Sauf que c'est pas le moment d'être nostalgique. Ma vie, la vraie, elle est devant moi.

Douze heures plus tard. On y est. On débarque à Braunschweig. J'ai un moment d'hésitation en sortant de la gare.

« On y est ? C'est sûr ? »

L'atmosphère est loin d'une ville genre New York, le truc bad ass urbain. Non. C'est plus proche du parc d'attractions. Des petites maisons à colombages. Des rues sans papiers ni crottes de chiens. Les passants qui s'arrêtent au feu, même s'il n'y a pas de voitures et qu'on pourrait traverser. Ce qu'on fait d'ailleurs.

Brad me montre un panneau. BOTY placardé sur une affiche de 2 sur 5. Mon cœur s'accélère. La respiration avec.

« On y est.

— Bon, mec, faut qu'on trouve l'auberge de jeunesse. Faut que je prenne une douche. »

Et là, on dit merci le GPS des portables. En cinq

minutes on a tourné à droite, à gauche, encore à droite et on se retrouve devant notre auberge. Une petite maison, toute propre, avec des géraniums aux fenêtres. On pourrait croire qu'on arrive pour un échange scolaire.

Le type à l'accueil parle anglais. Heureusement. Parce qu'à part « das ist ein Problem » je ne sais rien dire.

« Rendez-vous dans quinze minutes dans le salon. Faut qu'on s'étire. »

J'arrive dans ma chambre. Il y a trois lits, mais je suis toute seule. Ça me va. J'ouvre mon sac pour sortir mes affaires et là, je vois une photo d'une petite fille en tutu, qui sourit, le sourire type CE1 avec une dent en moins. Ma mère, à sept ans. Derrière, c'est écrit « Merde, merde, merde. Ta maman qui t'aime. »

Les larmes montent. Shoot. Pas le moment. Mais j'y peux rien. Cette photo, ma mère a dû la glisser pendant qu'elle insistait pour faire ma valise avec moi. Faudra que je sois plus cool avec elle quand je rentrerai. Cette photo, c'est le petit plus qui me donne confiance. On va y arriver, c'est pas possible autrement. Je lui envoie un texto vite fait, histoire de dire qu'on est bien arrivés. Je ne parle pas de la photo. Je ne sais pas trop quoi dire. Alors je mets juste, « On y est. C'est top. Bisous. »

Quand je descends, Brad est en train de pousser les meubles sur le côté. Un type l'aide.

Il me sourit. « Boty. Schön. Viel Glück. »

Je souris. J'ai rien compris.

On se met au sol, jambes tendues et on se penche en avant. Aïe. La vache. La vieille mémé. J'arrive à peine à poser ma tête sur mes genoux. Je respire un bon coup. J'étire un peu plus et petit à petit les muscles reprennent leur élasticité.

Demain, c'est le grand jour. Réveil fixé à 9 heures. On s'échauffera aussi.

Je passe la nuit la plus pourrie de ma vie. Je dors,

mais j'ai des rêves remplis de pirouettes, des pas de la choré. Un truc de dingue. J'ai tellement peur de pas entendre le réveil, que je suis déjà réveillée quand il sonne. La douche bien chaude me détend un peu.

Quand je descends pour le petit déj, je vois bien que mes potes de battle ont dû passer la même nuit. Mais c'est pas grave. On est prêts. On n'a pas faim, mais on décide de manger quand même. Bon j'évite le jambon et les saucisses. Un bol de céréales, ça ira bien.

La finale commence à 16 heures. Du coup entre le petit déj et le début des battles on tue le temps comme on peut. On fait des étirements. On se ballade. Un peu. Vu le même temps pourri qu'ils ont ici. On regarde la télé dans la salle commune. Et à 14 heures on décolle. On prend un tramway, et quinze minutes plus tard, on est devant un énorme dôme. Des gens partout.

« Faut qu'on trouve l'entrée des groupes. »

Brad. La tête sur les épaules. Perso, je suis fascinée par l'affiche qui montre un b-boy qui saute la tête à l'envers.

Heureusement, tout est fléché. Un type fait le pointage à l'entrée de la porte H.

« Nom ? » il demande en anglais.

« JBJ.

— Combien ?

— Trois. »

Il lève la tête. « Trois ? » On se regarde. Il est où le problème. Le type doit voir nos têtes en forme de point d'interrogation. Alors il ajoute : « Oh, il n'y a pas de problème. Sauf qu'on n'a jamais vu un groupe de trois gagner. Surtout contre une team de huit. »

Je hausse les épaules. Il ne nous connaît pas.

On pousse les portes. Un grand hall avec des petites fenêtre qui laissent passer la lumière rempli de b-boys, partout. Les checks, les steps qu'ils répètent, tout résonne à mes oreilles, l'air chaud étouffe mes poumons. Inspiration. Tentative de trouver un spot pour poser nos affaires. Ils sont tellement. Tellement sûrs d'eux. Un groupe nous scanne en intégral.

« Oublie, Jay, fait Brad, c'est le show. C'est pour intimider l'adversaire. »

Mouais, ben ça marche. Mes jambes tremblent légèrement et d'un coup, là tout de suite, j'ai très envie de boire.

Jorell qui me connaît bien, le remarque. « OK, mec. Rassemblement. » En cercle, bras dessus bras dessous. « On y est, mecs. Aujourd'hui c'est notre jour. Et ces mecs, ils peuvent aller se tortiller ailleurs. »

Petite course sur place, jusqu'à lâcher un énorme « Yeh ! ».

Hé, les machos, nous aussi on peut faire du bruit et se la péter.

Contrairement à d'autres teams qui sont allées sur le total look, nous on a pris nos fringues. Jogging gris ou noir, histoire de pouvoir bouger, et t-shirt bleus. Perso, j'ai un t-shirt fait par ma best Lucy. Dessus, il y a un B à paillettes. B comme B-girl, Boty, the Best. Il est top. Je l'ai reçu il y a une semaine avec un petit mot. « My best. Je serai là avec toi ».

Un type avec une oreillette passe voir les groupes. Comme le type à la porte, il parle anglais. « Alors quand je vous appelle, vous vous placez derrière ce rideau-là. Je vous donnerai le top pour entrer dans l'arène. Ça commence dans une heure. »

Une heure. Avant la compétition. Ça passe juste trop vite. Le temps de s'échauffer, de repasser mentalement les pas et paf, on entend, de l'autre côté du rideau, la foule qui répond au DJ.

« Faites du bruit ! Faites du bruit ! »

La première team entre dans l'arène.

Nous, on trépigne derrière. Enfin surtout moi. Brad, lui il est déjà dans sa bulle. Hyper calme. On est les second à passer.

« Faites du bruit pour les JBJ !

— Go », fait le type avec l'oreillette.

Ouverture du rideau. La scène face à nous. Les petits escaliers qui y mènent. Les cris. Spots dans les yeux. Ça tourne. Jorell me prend la main, et celle de Brad. Il les soulève et nous emmène vers le public. Le showman est de retour. On salue.

Le public. La scène. Il n'en faut pas plus. L'adrénaline, et d'un coup, une envie folle de tout déchirer.

Boum, boum, boum !

« Et c'est partiiiiiii ! » hurle le MC.

« Danse ! Danse ! Danse ! » répond la foule.

Trois minutes de choré. Trois minutes à tout donner sur cette scène en bois avec écrans géants pour que tout le monde puisse nous voir. Trois minutes à sauter, plus haut que d'habitude, à tourner un tour de plus sur nos pirouettes. Trois minutes à oublier le sol qui casse les genoux, l'air qui manque, les muscles qui hurlent. Fin. Applaudissements, hurlements, salut. On descend les quatre marches. Les résultats seront annoncés à la fin des chorés.

Les groupes défilent. Mais pour nous le temps s'est arrêté. Trop dur d'attendre les résultats. Enfin on entend le MC qui annonce les noms. Les Coréens passent, les Français, des autres que j'ai pas repérés. Les noms défilent.

Brad se tord les doigts, « Il reste une place. »

Je pâlis. Il faut qu'elle soit pour nous.

« From England, JBJ ! »

L'air qui rentre à nouveau dans mes poumons. On a passé les éliminatoires !

« On est sixièmes, ce qui veut dire qu'on a une

battle de plus pour arriver en demi.» dit Brad.

Pour une fois, il n'a pas besoin de nous dire d'être concentrés. Jorell et moi, on est à fond. On va rien lâcher.

Et c'est reparti. En mode battle.

En face, cinq mecs à casquettes. Petites racailles. On va les bouffer tout crus. C'est Jorell qui ouvre les hostilités. Et là, il met la barre très haut. Petit top-rock et d'un coup, un saut, il atterrit sur un coude. Il remonte. Top-rock. Saut. Atterrissage sur une main. Coude. Main. Coude. Il tourne autour de son coude et headspin. Les autres font genre blasé, mais ils sont pas à la hauteur.

À mon tour. Je prends possession de l'arène. Pirouette. Saut. Les hurlements bourdonnent dans mes oreilles. Atterrissage en grand écart. Les muscles qui s'étirent. Encore, plus. Tête sur le sol, appui sur les mains, et un, deux, trois tours sur la tête. L'équilibre parfait. Je l'ai. Aujourd'hui c'est pour nous. La force et la joie. Tout y est. C'est tellement bon de danser. Boum. Saut à l'écart en direction de nos adversaires. Prenez ça dans vos faces, les mecs, vous vous êtes fait avoir par une b-girl. Au vestiaires les casquettes.

Brad s'y met. Hystérie de la foule. D'un coup les spots sont plus intenses. La musique, plus forte. Je hurle avec Jorell. « Go, Brad, go ! » On déchire.

Fin. Souffle court. En ligne sur le côté. On attend la décision. Le jury ne prend que deux secondes et cinq mains se tournent vers nous. Hurlement de la foule. Salut. Check avec nos adversaires.

On descend les escaliers. Et là je m'arrête. Tout s'est passé si vite.

« Ça veut dire quoi ?

— T'as pas pigé ? Ça veut dire qu'on est en quart, lady. » Petit mouvement de danse de Jorell.

« Faut rester concentrés, les gars. » Brad. Toujours focus.

Bizarrement, maintenant qu'on a remporté une battle, des groupes viennent checker avec nous. On a des « bien joué, les gars », « belles pirouettes ».

« Bon. On est contre qui après ?

— Eux. »

Six Espagnols, genre clones humains, grands, bruns, habillés en jaune pétard, nous font face.

CHAPITRE 33

Avant que j'aie le temps de me demander s'ils ont l'air dangereux, on nous appelle.

« Et c'est paaaaarti ! » hurle le MC.

Les Espagnols prennent l'arène. À trois, ils font une sorte de choré. Au bout d'une minute, Jorell les pousse en sautant au milieu d'eux. Une pirouette, un saut, et les autres lui tombent dessus à quatre. Jorell n'a plus de place pour danser.

« Qu'est-ce qu'ils font, je murmure.

— Ils prennent le pouvoir.

— Sûrement pas. »

J'entre dans le cercle central. Je refais ma pirouette fouettée avec la jambe tendue. Et je fais bien attention à étirer ma jambe. Ils sont bien obligés de reculer s'ils ne veulent pas se prendre mon pied dans leur face de chorizo.

Jorell et Brad me rejoignent. Saut, jambe à l'écart. Pirouette sur les talons. On tombe en arrière sur les mains. Petits mouvements de pieds. Et d'un coup, un mec me balance sa casquette, bondit par-dessus moi, renfonce sa casquette sur ses yeux. Il est au centre, il ne bouge pas. On se relève, mais avant qu'on puisse continuer, quatre Espagnols l'ont rejoint. On recule. Faut pas, mais on n'a pas le choix. À chaque fois qu'un de nous prend l'arène, y a trois mecs pour venir l'empêcher de danser.

J'ai envie de hurler. Alors je fonce dans le groupe. Et je danse, au milieu, rien à battre. Sauf que je me fais bouffer et je disparais derrière leurs bras levés, leurs sauts façon bombe à eau. Le jury n'a même pas dû voir ma super wave.

« Une minute », hurle le MC.

C'est pourri. On a rien fait.

Brad commence son pas de côté, et avance en slidant vers le centre. Rien à faire. Les autres jamons ne bougent pas.

« 5, 4, 3, 2, 1, stooop. »

On se remet sur le côté. Je suis dégoûtée. Souffle coupé, colère qui rougit mon visage. On a rien pu montrer. C'est naze.

Le jury discute un peu. Et là, quatre mains vers nous. J'y comprends rien. C'est quoi ce délire ? Bien sûr, c'est génial, mais on n'y comprend rien. On remonte et Brad va poser la question.

« En fait, ils ont trop chorégraphié leur battle. Du coup, s'il n'y a pas assez d'impro c'est pénalisant, dit Brad.

— Ben, moi, ça me va. »

Je me retourne vers les Espagnols. Petite révérence. Je peux pas m'en empêcher.

Barre de céréales. On a un peu de temps devant nous. Trois battles pour les dernières places en demie, et un petit break, histoire que le public boive un coup. Et accessoirement, nous aussi.

On s'installe sur nos sacs avec Jorell.

Brad fait les cent pas, type lion en cage. « Faut pas qu'on se relâche.

— Ok, mec. Détends-toi, tu vas exploser. Pire tu vas perdre ton énergie. »

Arrêt de Brad. « Ok. Ok. Je me pose. Mais faudra s'échauffer de nouveau après. »

Je souris. Notre chorégraphe. Celui qui joue avec la pesanteur. Toujours au taquet.

Les battles reprennent. Les Allemands se font sortir. C'est à notre tour.

« Danse ! Danse ! Danse ! »

On salue. Boum ! La musique démarre.

Jorell danse. Il assure. J'y vais. Je suis à fond. Brad, juste génial. Sauf que d'un coup la petite remarque du type à l'entrée me revient à l'esprit. « J'ai jamais vu trois gagner contre huit. »

Je comprends. Nos adversaires respectent les tours. On peut faire nos bouts de choré. Nos impros. Ils sont fair-play. Sauf qu'à trois, la récupération est plus courte. Beaucoup plus courte. Pas le temps de reprendre son souffle. J'ai à peine fini mon mouv que déjà Brad et Jorell sont passés.

Les poumons en feu, je saute dans le cercle central. Mes jambes pèsent une tonne. Tant pis. Je tourne. Back-flip. Mon dos craque. Équilibre. Muscles tendus. Je lâcherai rien.

Sur le côté j'essaie de calmer ma respiration. Rien à faire, l'air est trop chaud. Ma gorge trop sèche.

Là on s'y met à trois. Le t-shirt de Jorell est passé du bleu clair au noir profond. Celui de Brad lui colle à la peau. Mes genoux hurlent à chaque saut. Je lâcherai pas. On se bat. On se bat. On se bat.

J'entends même pas l'annonce de la minute.

« 3, 2, 1, stooooop. » J'arrive tout juste à tenir debout pour le verdict. « 3, 2, 1, voteeeeeeeeeez. »

Trois bras se tournent vers les Coréens. On a perdu. La tête tourne. Check aux Coréens. Salut au public. Le rideau nous avale.

Silence dans la salle d'échauffement. On vient de se prendre le mur en demi-finale. J'ai mal. Partout. Et surtout au moral.

« Allez, mec, on peut être fiers. »

Jorell est ni super convainquant, ni super convaincu.

« Bois un coup Brad. » Je lui tends la bouteille.

Des b-boys viennent nous féliciter. « Belle battle. Bravo. »

Et c'est vrai.

« On s'est bien défendus. On a tout donné. Ils étaient plus forts. C'est tout. On a rien à regretter. C'est le plus important. »

Sauf que Brad ne m'écoute pas. Il continue à faire le lion en cage en jetant la bouteille d'eau d'une main à l'autre.

Je pose ma main sur son épaule, « Brad, sérieux. On a déchiré. Ils étaient juste plus forts.

— Il fallait pas qu'ils soient plus forts. » Larmes qui montent dans ses yeux. Il respire un bon coup. « Ouais, enfin, c'était cool de faire ça avec vous. »

Et il enfonce ses affaires dans son sac.

« Attends, Brad. On a le temps. Le BOTY n'est pas fini.

— Si. Pour moi, tout est fini.

— Mais, Brad, on est arrivés en demi-finale. Ça compte. Tes parents vont le comprendre, non ?

— Aux Jeux olympiques, tu te souviens des médailles d'argent ? non. Eux, c'est pareil. Il fallait gagner. C'est tout. »

Quels abrutis les parents. Ils ne peuvent pas lui faire ça à lui, pas à Brad.

« Ok, mec, on va déjà aller voir la finale et ensuite on discutera de ce qui va se passer.

— Allez, Brad, viens avec nous. En plus t'as pas le droit de pas venir, il y a l'équipe de France qui battle. »

Je le traîne jusqu'au coin réservé, sur le côté de la scène.

« 3, 2, 1… Battle ! »

Boum. Ça fuse dans tous les sens. Headspin. Handstand. Équilibres sur les épaules, les bras, tours sur la tête, les genoux. Les Coréens sont extraordinaires. Une énergie de folie. C'était normal qu'ils gagnent contre nous. Bon, je suis triste. Bien sûr. Mais, là, en les regardant j'ai juste une furieuse envie de remonter sur scène. Les mouvements s'enchaînent. Les deux équipes se rendent coup pour coup, pirouette pour pirouette jusqu'au « 3, 2, 1 stoooooop ! »

La foule crie pour les Français, pour les Coréens, pendant que les b-boys se saluent. Forcément je suis pour les Français. Ça va se jouer à rien. Deux mains pour les Français. trois pour les Coréens. Ça hurle, siffle, applaudit de tous les côtés. Moi la première. Quelle battle !

Un truc orange. Mon œil vient d'apercevoir au milieu de la foule un type avec une chemise Orange. Non ! C'est pas possible. Il me fait des grands signes.

« Harvey ! Il y a Harvey », je hurle à Jorell pour qu'il m'entende.

On se faufile parmi les gens, et là, à côté de Harvey, tout sourire, ma maman. Alors oui, je pourrais me dire qu'elle est venue me fliquer et qu'elle n'a pas confiance, bla bla bla. Sauf que non. L'année dernière elle ne voulait pas entendre parler de hip-hop. Alors, la voir là.

« P'tit, bébé ! Bravo. Ta maman n'a plus de voix tellement elle a crié pour t'encourager. »

Ma maman sourit. C'est pas son milieu, ici, mais elle sourit. Alors je dis F à la coolitude et je me jette dans ses bras.

« Merci, m'man. »

Harvey attrape Brad et Jorell et organise un énorme câlin d'ours.

Les Coréens sont encore en train de saluer. Enfin, ils sortent de scène. La foule se disperse petit à petit.

« On va chercher nos affaires. »

Et là, Lucy apparaît. Elle a repris ses habits noirs. « Vous avez été over géniaux les gars. » Elle se tourne vers moi. « T'étais trop belle avec ton t-shirt, my best.

— Merci, best. »

Brad ne sourit pas. Lucy lui attrape la main. « Toi, t'es le mec le plus dingue que je connaisse. »

Esquisse de demi-sourire de la part de Brad, « On se retrouve à la sortie. Je vais chercher mes affaires. »

Brad file devant. Les compliments, avec ce qu'il ressent, ça lui fait plus de mal que de bien, je crois.

« On vous attend à la sortie, p'tit bébé. »

Avec Lucy et Jorell on se fraie un chemin dans la foule quand un type m'attrape par les épaules. Réflexe, je vais pour lui en coller une, sauf qu'il s'excuse et parle dans un anglais avec un accent du nord de l'Angleterre, genre plus stew de mots tu meurs.

« Bonjour, vous êtes les JBJ ?

— Oui.

— Je cherche un de vos partenaires, le blond.

— Brad ? Oui, il doit être dans le vestiaire. »

Dès qu'il le repère, le mec l'invite à se mettre à l'écart et discute avec lui. Il lui file sa carte et s'en va.

On se regarde.

« Alors ? »

Brad a la tête baissée. Il tourne et retourne la carte entre ses doigts.

« Alors, mec, qui c'était ?

— C'était le manager de l'équipe des Unity UK. Il leur manque un danseur. Il me demandait si ça m'intéressait.

— Et alors… ?

— Ben, rien. J'ai dit que je savais pas trop.

— Quoi ? On hurle en chœur.

— Non, t'es pas sérieux, mec.

— Mais on est un groupe. J'y serais pas arrivé sans vous. Je… »

Je l'attrape par les épaules.

« OK. Brad t'es le mec le plus gentil de la terre. Mais là, va falloir être égoïste. Il y a une demi-heure, tu pensais que la danse c'était fini. Là, c'est la chance de ta vie. Tes parents pourront plus rien te dire. Et si t'acceptes pas, je te parle plus jamais.

— Et moi, renchérit Lucy, je t'appellerai mon trognognon d'amour devant tes potes jusqu'à la fin de ta vie. »

Brad se tourne vers Jorell.

« Vas-y, mec, fonce !

— Merci. Vous êtes les meilleurs ! »

Et il court rattraper le manager.

Je regarde Jorell. Il sourit. Il est comme moi. Content pour Brad. Même pas jaloux. On pourrait l'être. Mais notre tour viendra.

Jorell m'enlace. Petit mot doux au creux de l'oreille. « Quelle aventure, lady. »

Ça c'est sûr. Il peut s'en passer des choses en un an. Si on m'avait dit que je danserais dans un groupe, que j'aimerais partager avec les autres, j'aurais rigolé. Franchement, la vie est dingue.

Je ramasse mes affaires. Derniers checks aux autres teams et on se retrouve tous dehors.

« Bon, p'tit bébé, une victoire ça se fête !

— Mais on n'a pas gagné, Harvey.

— Peut-être pas la compète. Mais Brad a un contrat, Jorell danse sans que son genou lâche, et toi, tu as écouté ton cœur jusqu'au bout. Si ça c'est pas une raison de célébrer ! »

Ma mère lui attrape le bras. Elle sourit. En fait, je crois qu'elle n'a pas arrêté de sourire depuis qu'on a quitté l'Arena.

On s'installe tous au café Strupait. Ambiance sympa malgré le côté chic nappes sur les tables. Ça rigole de partout. On arrive à nous trouver une petite table et on coince tout autour les chaises que les serveurs nous apportent.

« Jennifer, tu as pensé…

— Quoi, m'man ?

— Non, rien. Ce soir ce n'est pas important. »

Harvey enlace ma mère. « Elle va bosser à l'école ta fille, t'en fais pas. Si elle est capable de faire ce qu'elle a fait sur scène, elle est capable de tout réussir. »

Nos boissons arrivent. Coca pour nous, petit verre de vin blanc pour ma mère et une énorme chope de bière pour Harvey. Genre, le truc qui doit peser une tonne.

« À vous les jeunes, à toi Nicole, à la vie et au bonheur ! »

Tintement des verres.

Le temps se suspend une seconde, juste pour que je puisse regarder autour de moi. Lucy qui va devenir une superstar du design, Brad qui va danser dans une compagnie, Jorell à qui rien ne résiste même pas les accidents, ma mère qui semble heureuse comme je ne l'ai jamais vue, Harvey, mon papa de cœur. Et moi, je suis là, avec eux. Je suis bien. Et même si je ne sais pas ce que l'avenir me réserve, il y a une chose dont je suis sûre. Je m'appelle Jay, je suis une b-girl et ma vie vient juste de commencer.

Si vous avez aimé ce livre, merci de laisser un avis sur Amazon où votre librairie en ligne préférée. Un avis, même court aidera aidera d'autres lecteurs à découvrir ce livre et partager les aventures de Jay.

Si vous voulez recevoir mes petits trucs et astuces pour naviguer ce grand monde et recevoir une histoire qui vous emmènera aux confins de la Sibérie, abonnez-vous à ma newsletter :
www.mariearmano.com

Remerciements,

Ce livre a été long à créer, et je voudrais remercier particulièrement mes amis d'écriture, Libby, Kate, Martin et Emma qui ont eu la gentillesse de lire mon manuscrit, de me fournir des commentaires pertinents et surtout de me donner la force de continuer. Je n'aurais pas pu le faire sans vous.

Un grand merci à ma famille qui m'a laissée travailler quand je devais, et qui m'a offert soutien et amour. Un remerciement tout particulier à mon amoureux pour ses conseils et son aide technique hors du commun et à Noémie pour sa positivité indéfectible.

Merci à Olivier pour m'avoir donné de son temps si précieux pour corriger professionnellement ce livre.

Et merci à toi, lecteur, d'avoir choisi de lire ce livre. Que la joie et la force de Jay t'accompagne.